काव्य सिद्धि

(काव्य संग्रह)

संपादक

डॉ प्रतिभा गर्ग

दिल्ली-110089, (भारत)

संस्करण : 2020
ISBN : **9789389984422**

प्रखर गूँज पब्लिकेशन
एच-3/2, सेक्टर-18, रोहिणी, दिल्ली-110089
दूरभाष : **7982710571, 7838505899, 011-27851059**

प्रथम संस्करण : 2020

काव्य सिद्धि
(काव्य संग्रह)
संपादक : डॉ प्रतिभा गर्ग

Kavy Siddhi (Anthologies)
By Dr. Pratibha Garg (Editor)

Published by
PRAKHAR GOONJ PUBLICATION
Delhi- 110089
E-mail : prakhargoonj@gmail.com
         sinha.neelu123@gmail.com
011-27851059, 7982710571, 7838505899

काव्य सिद्धि

(काव्य संग्रह)

संपादक
डॉ प्रतिभा गर्ग

विशिष्ट सलाहकार (संपादक)
अमरनाथ अग्रवाल

संस्थापक 'सिद्धि – एक उम्मीद'
शशिकांत पाराशर 'अनमोल'

अनुक्रमणिका

संपादकीय

डॉ प्रतिभा गर्ग

काव्य सिद्धि, सिद्धि एक उम्मीद साहित्यिक समूह द्वारा प्रकाशित साझा काव्य संग्रह है। हिंदी साहित्य को अग्रसर करने एवं नवांकुरों को साहित्य के प्रति प्रोत्साहित करने के उद्देश्य से इस संग्रह की संकल्पना करी गयी। साहित्य समाज का दर्पण है, यह सर्वविदित सत्य है। समाज से साहित्य और साहित्य से साहित्यकार, सभी एक दूसरे के पूरक हैं, इसी आधार पर हर रचनाकार की अपनी अभिव्यक्ति है, जो काव्य सृजन के रूप में समाज के समक्ष उभर कर आती है। कलम की ताकत से समाज की दशा और दिशा को सकारात्मकता पूर्ण बदला जा सकता है। इस संग्रह में रचनाकारों ने पूर्ण मनोयोग से अपनी सृजनशीलता को दर्शाया है। कहीं नारी की हृदय वेदना, नारी अस्तित्व तो कहीं प्रेम के अनेक रंगों को उत्कृष्टता से व्याख्यित किया गया है। इस संग्रह में विरह, श्रृंगार एवं वीर रस से सुसज्जित कविताओं का उत्तम समावेश है।

अनेक विषयों पर आधारित भाव और शब्दशिल्प के सौंदर्य बोध के साथ संवेदना और अंतर्मन के अहसासों की बेहतरीन सृजनात्मकता को अभिव्यक्त करती है।

मुझे इस काव्य संग्रह का संपादन करते हुए अत्यंत खुशी हो रही है क्योंकि 'सिद्धि एक समूह' की गतिविधियों को गति देने हेतु समूह से जुड़े, देश के अनेक राज्यों के साहित्यकारों के भाव पुष्पों को एकत्र करके एक गुलदस्ते के रूप में इस संग्रह को सजाया गया है।

सिद्धि एक उम्मीद समूह के संस्थापक आदरणीय शशिकांत पाराशर 'अनमोल' जी, का मैं हृदय तल से आभार प्रकट करती हूँ जिन्होंने मुझे इस संग्रह के संपादन का दायित्व दिया और साथ ही कर कदम पर मेरा पूर्ण सहयोग किया।

इस समूह के विशिष्ट सलाहकार एवं साहित्य जगत के सशक्त हस्ताक्षर, वरिष्ठ कवि एवं लेखक आदरणीय अमरनाथ अग्रवाल जी का इस संग्रह में होना ही हम सभी रचनाकारों के लिए गर्व का विषय है। मैं आदरणीय अमरनाथ जी का अतिशय आभार प्रकट करती हूँ, उन्होंने इस संग्रह के उत्कृष्ट संपादन में हमारा

पूर्ण सहयोग एवं मार्गदर्शन किया।

असीम सम्भावनाओं को अपनी लेखनी में समेटे हुए यह काव्य संग्रह सुधि और संवेदनशील पाठकों की साहित्यिक क्षुधा को पूरा कर उनके हृदय में साहित्यिक चेतना जगाने में सफल हो, ऐसी कामना करती हूँ।

इस काव्य संग्रह 'काव्य सिद्धि' के प्रकाशन के अवसर पर समस्त साहित्य साधकों, प्रकाशक एवं पाठक गण को हार्दिक शुभकामनाएँ!!

'विचारों भावनाओं का, सुगम परिणाम है कविता।'
'विलग हिय की बढ़ी बेचैनियों का नाम है कविता।'
'मृदुल संगम उपजता है, सुनहरी कल्पनाओं से।'
'प्रणय की हर अधूरी आस का अंजाम है कविता।'

डॉ प्रतिभा गर्ग
सम्पादक 'काव्य सिद्धि'
संचालिका सिद्धि एक उम्मीद साहित्यिक समूह
गुरुग्राम हरियाणा

नव-वातायन

अमर नाथ
विशिष्ट सलाहकार
(संपादक)– काव्य
सिद्धि
लखनऊ

एक नारी द्वारा संपादित, नारी रचनाकारों का वर्चस्व और नारी– प्रधान रचनायें समेटे–काव्यसिद्धि– नामक यह काव्य संकलन, हमें नारी– उत्कर्ष का संकेत दे रहा है। निःसंदेह यह अच्छा और प्रशंसनीय चिंतन है।

26 से 80 वर्ष तक वय वाले रचनाकारों की गणेश–कलम ने अपनी काव्यांजलियाँ अर्पित की हैं। कुल 25 रचनाकारों मे से 20 महिलाओं ने बढ़–चढ़कर भागीदारी की है। विशेष तौर से नवांकुर या कुछ सीढ़ियाँ पार कर चुकी नव–उन्मीषित मेधाएँ, इस संकलन के दपदपाते मोती हैं जिन्हें पिरोकर श्रीमती प्रतिभा गर्ग ने यह काव्य सिद्धि मुक्ताहार सजाया है। इसमें काव्य की विविध विधाएँ, विविध रंग, विविध छटाओं के इन्द्रधनुष खिले हुए हैं।

यद्यपि इसमें छाँदसिक रचनाएँ कम ही है, किन्तु नए –नए भावों के फूटते नए– नए अंकुर अपनी ओर आकर्षित करते हैं। एक नया वातायन काव्य जगत में, मलयानिली– स्पर्श का एहसास करा रहा है।
निःसंदेह यह स्मरणीय संग्रह है जो भावी– पीढ़ी को इसके रचनाकारों से परिचित करायेगा।

सभी रचनाकारों, संपादक मण्डल एवं व्यवस्थापक मण्डल को मेरी हार्दिक शुभकामनायें और बधाइयाँ।

शुभमस्तु।

★ ★ ★

शुभकामना संदेश

काव्य सिद्धि साहित्यिक साझा संकलन
(एक दृष्टि)

डॉ. देवेंद्र शर्मा
साहित्यकार
अलवर, राजस्थान

जब मन वीणा के कोई तार, झंकृत हो उठते बार–बार,
वसुधा कण–कण प्रति जिनमें, झलके छलके सात्विक
प्यार।

हृत दृग मिलकर हों आभारी, पहनाते उनको नयन हार,
तब गीत कविता बाल बाला, जगत जन्म लेते अपार।

ऐसे ही सद्भाव सुमनों का मनोहर गुल्म स्वरूप, सहृदय सृजन धर्मियों की लेखनी का सद् हस्ताक्षर यह मोहक आकर्षक, प्रभावोत्पादक सृजन बानगी का सद् उदाहरण रूप, काव्य संकलन आपके कर कमलों में है। आप पाएंगे यह सर्जक के सद् हृदय का वह नवनीत है जो आज के इस परुष, शुष्क हृत प्रदेश को अपनी कोमलता, सरसता, उदारता से, जीवन जगत के गहन अनुभव जन्य अमृत तत्त्व की मधुरता, स्नेहिलता से सूचिक्कण कर सकने में भली–भांति सफल हो सकेगा। खुद का खुद से, उसका उससे, तुम्हारा तुमसे, मेरा मुझ से पूर्ण साक्षात्कार करा सकने में सक्षम हो सकेगा। नारी जनजीवन का प्राण तत्व है —नारी चेतना। नारी चेतना की सिद्धि के लिए किए जाने वाले सद् प्रयास। यद्यपि नारी जीवन के प्राण तत्व —नारी चेतना के संपोषण हेतु ही 'सिद्धि एक उम्मीद— महिला साहित्यिक संस्था' द्वारा अनेकानेक सद् प्रयासों के दृढ़ कदम दिनों दिन उठाए ही जाते रहे हैं तथापि उन्हीं सद प्रयासों की ओर बढ़ता हुआ एक बड़ा कदम और है प्रस्तुत काव्य संकलन जिसमें रचनाकारों की अदम्य आंतरिक ऊर्जा का उत्सर्जन होगा ही, जो समाज को एक दशा, एक दिशा दे सकने में पूर्ण समर्थ होगा। समर्थ होगा —अपने उस ऋषि उवाच —"यत्र नार्यस्तु पूज्यंते, रमंते तत्र देवाः। यत्रैतास्तु न पूज्यंते, सर्वास्तत्राफलाः क्रिया।। (जिस कुल में नारियों की पूजा अर्थात् सत्कार होता है उस कुल में दिव्य गुण, दिव्य भोग और उत्तम

संतान होती हैं और जिस कुल में नरियों की पूजा नहीं होती है, वहां मानो सब की सब क्रिया निष्फल हैं।) (मनु स्मृति 3/56) का जयघोष कर सकने में। जल उठेंगे चेतना दीप, दीपों से मिलकर। जगमगा उठेगी, यह संसृति उन जलते, जगमगाते दीपों की उस कांतिमान ज्योति से मिलकर। अंत में मैं अपने शब्दों को विराम देना चाहूंगा स्वर्गीय राष्ट्रकवि श्री रामधारी सिंह जी दिनकर के उद्बोधन स्वरूप आप्त वचनों के माध्यम से—आइए

'सेनानी लो करो प्रयास'
भावी इतिहास तुम्हारा है,
ये नखत अमा के बुझते हैं
सारा आकाश तुम्हारा है। 'सारा है।'

बरबस कवि मन का दृढ़ विश्वास फूट ही पड़ता है इन शब्दों में—

एक बार चल दे, तू दृढ़ विश्वास ले
एक बार चल दे, तू हृत पूर्ण आस ले
रस्ता तेरा है।
एक बार गान कर, मन जरा झूम के
रख दे चरण मा, वसुधा को चूम के
रस्ता तेरा है।

कामना है—नारी चेतना की यह पावन ज्योति, उस महा पावन दिव्य ज्योति का रूप ले सृष्टि के समस्त अपावन कलुष को पावन प्रकाश में परिवर्तित कर दे।

।।इति शुभम्।।

संस्थापक की कलम

संस्थापक
सिद्धि – एक उम्मीद
महिला साहित्यिक
संस्था
शशि कान्त पाराशर
'अनमोल'
नारी प्रधान लेखक
मथुरा उत्तरप्रदेश

सर्वप्रथम! माँ सरस्वती के चरणों में नमन।

उसके बाद सभी महिलाओं को चरण स्पर्श।

'काव्य सिद्धि साहित्यिक साझा संकलन' में शामिल समस्त सम्मानित साहित्यकारों को दिल से बधाई देता हूँ ।

सिद्धि – एक उम्मीद महिला साहित्यिक संस्था की समस्त सम्मानित महिला सदस्यों की स्वीकृति से यह अनमोल कृति को प्रकाशन पद्धति में लाया गया है।

शुरुआती दौर में महिलाओं के आशीर्वाद व बेटियो की दुआओं का असर ही कहना उचित होगा क्योंकि इस संकलन की नींव व नामकरण ग्वालियर मध्यप्रदेश की नामचीन 'बाल अभिनेत्री सिद्धि सूरी' के नाम से निर्धारित किया गया है जो कि हम सबके लिए प्रेरणा स्तम्भ हैं।

सभी पाठक वर्ग के गुणीजनों को इस साहित्यिक साझा संकलन में समाज, परम्परा, आधुनिकीकरण, स्नेहिल व्यवहार और जीवन पर्यन्त में रिश्तों की गरिमा, नारी स्वाभिमान उनकी अस्मिता को ध्यान रखते हुए इस साझा संकलन का कार्य सकुशल रूप से हुआ है, जो कि आज के पाठक के लिए एक अनमोल व प्रेरक पुस्तक रहेगी।

साथ ही हृदय की गहराइयों से संस्था की संचालिका और पुस्तक की संपादिका – वरिष्ठ कवयित्री और समीक्षक डॉ प्रतिभा गर्ग जी एवम् विशिष्ट सलाहकार एवं वरिष्ठ लेखक व साहित्यकार अमरनाथ अग्रवाल जी का आभार व्यक्त करते हुए सभी साहित्यकारों को हार्दिक बधाई ज्ञापित करता हूँ।

★ ★ ★

अध्यक्षीय

सिद्धि – एक उम्मीद महिला साहित्यिक समूह की धुरी सिद्धि सूरी के जन्मदिन के अवसर पर समूह के संस्थापक विख्यात नारी प्रधान लेखक शशि कान्त 'अनमोल' जी एवं समूह की संचालिका सुप्रसिद्ध वरिष्ठ कवियित्री एवं समीक्षक डॉ प्रतिभा गर्ग 'प्रति' जी के मन में एक बहुत ही उत्कृष्ट विचार आया कि सिद्धि के जन्मदिन पर क्यों न एक साझा– काव्य संग्रह प्रकाशित किया जाए और प्रिय सिद्धि को भेंट किया जाए। वास्तव में इससे अधिक उत्तम तोहफा और क्या हो सकता है। ऐसा आशीर्वाद जो जीवन पर्यन्त साथ रहे और यादगार रहे। जब सिद्धि बड़ी हो जाएगी तो भी इस वर्ष का जन्मदिन, सभी श्रेष्ठ रचनाकारों द्वारा काव्य पंक्तियों द्वारा दिया गया आशीर्वाद उसे एक मीठी स्मृति की तरह गुदगुदाएगा। इतना ही नहीं ये संग्रह उन सभी रचनाकारों के लिए भी मधुर स्मृति, धरोहर के रूप में साथ रहेगा जिन्होंने अपनी रचनाओं से इसे सजाया है।

ये एक उत्कृष्ट रचनाओं से सुसज्जित एक संग्रहणीय काव्य संग्रह होगा ऐसा मुझे विश्वास है। संग्रह से जुड़े सभी रचनाकारों को मेरी ओर से हार्दिक शुभकामनाएँ और बधाई।

इस अप्रतिम विचार को अमल में लाने के लिए, निरंतर इस दिशा में प्रयास रत रहने के लिए और इसे मूर्त रूप देने के लिए मैं समूह के सभी सम्मानित सदस्यों – डॉ प्रतिभा गर्ग 'प्रति' जी (सम्पादक एवं संचालिका), शशि कान्त 'अनमोल' जी (संस्थापक), सारिका कुशवाह जी (प्रवक्ता), आदरणीय डॉ अमरनाथ अग्रवाल जी (विशिष्ट सलाहकार) को उनके उत्तम विचार, अथक प्रयास और समूह को नित नए आयाम देने के लिए बहुत साधुवाद प्रेषित करती हूँ। इस अनमोल कृति द्वारा एक पठनीय, उपयोगी, श्रेष्ठ पुस्तक पाठकों को पढ़ने के लिए मिलेगी।

सभी को साधुवाद।

वंदना गीत - माँ शारदे

हे शारदे!! वंदन करूँ माँ, मुझको ऐसा वर दो।
ज्ञान पुंज अन्तर्मन भर दो, पावन उर को कर दो।

हे शुभे!! जगदंबिके! मैया, करुणा भाव तुम्हारा।
हीन भाव तम को हर अम्बे, कर माँ, जग उजियारा।
निर्लिप्त मन, संयम रखूँ माँ! हिय अब नेह भरा हो।
सद्भावना विश्वास का अब, दीपक प्रीत धरा हो।

स्वर साधिका, वरदायिनी माँ, वाणी में मृदु स्वर दो।
ज्ञान पुंज अन्तर्मन भर दो, पावन उर को कर दो।

श्वेतांबरा ! पद्मासना! तुम, विद्या का नित धन दो।
हिय से मिटा सारी कलुषता, निर्मल, उज्ज्वल मन दो।
हे रागेश्वरी!, वागेश्वरी ! माँ धार अब, कलम दो।
हे! तेजस्विनी ! करुणामयी, भाव हृदय अनुपम दो।

शुचित व्योम कण–कण उजियारा, जग को वह अम्बर दो।
ज्ञान पुंज अन्तर्मन भर दो, पावन उर को कर दो।

डॉ प्रतिभा गर्ग
संपादक
काव्य सिद्धि

★ ★ ★

गुरु

अतुल पाठक 'धैर्य'
नावांकुर साहित्यकार
हाथरस, उत्तरप्रदेश

नवजीवन देता है सबको।
नवशक्ति का आह्वान करे।
जो झुक जाता गुरु के आगे,
वह गुरु सबका उद्धार करे।

मार्गदर्शक वो गुरु शिक्षक ही,
जीवन की राह दिखाता है।
शिक्षा देकर हमको अपने
जीवन में आगे बढ़ाता है।

जो जीवन के मँझधार में फँसता,
उसका भी हो जाता उद्धार सदा।
जो गुरु– चरणों की शरण में आता,
उसका ही होता बेड़ा पार सदा।

जटिल से जटिल समस्या का
गुरु ढूँढे तुरंत निदान।
विद्या सा जग में नहीं,
दूजा कोई महादान।

सर्व समाज और राष्ट्र –प्रणेता,
कोई और नहीं गुरु, शिक्षक ही होता।
गुरु की महिमा है अपरम्पार।
गुरु दीक्षा पा उन्नत –शिक्षा का संसार।

शिक्षा की अलख जगाकर वो,
पुरानी नीति –कुरीति मिटाता रहा।
अशिक्षा का तमस फैला जहाँ पहले,
वहाँ शिक्षादीप का ज्ञानप्रकाश रहा।

अरमान और सपने

कई अरमान और कई सपने,
दिल में बसते हैं अपने।

तलाश मुझे हमसाये की,
हमदर्द नहीं कोई अपने।

खुशनुमा जिंदगी किसको नहीं प्यारी,
पर होते कहाँ पूरे सपने?

जिसको देखो वही परेशान है।
जिंदगी जैसे हो रही वीरान है।

किसकी किस्मत कब रंग लाए,
वही जाने जिसके खुले भाग्य के सपने।

मुद्दतों बाद यह समझ आया है।
भीड़ में नहीं हैं कोई मेरे अपने।

सबको सुकून की तलाश यही है।
दिल की बस इक आस यही है।

ये जुदा कभी न हमसे होते।
दुख, पीड़ा, दर्द घर हैं अपने।

कई अरमान और कई सपने।
दिल में बसते हैं अपने।

हरियाली तीज

हल्की बूँदों की फुहार है।
ये सावन की बहार है।
सखियाँ संग झूलन आईं।
आज हरियाली –तीज त्यौहार है।
झूम उठे दिल, लिए गीतों के तराने,
और सावन की पावन– मल्हार है।

यह पावन– पर्व है हरियाली– तीज का,
इस दिन झूलों की लगती खूब कतार है।

आया तीज का त्यौहार, सखियाँ भी तैयार हैं।
मेंहदी हाथों में रचाई, करे सोलह श्रृंगार हैं।

हरी– चूड़ी खन–खन करती, पायल भी छम–छम है बजती।
बिंदी की चमक अपार है, आज हरियाली– तीज त्यौहार है।

मंदिर में दर्शन को जातीं, शिव– पार्वती से गुहार लगातीं।
होगा अमर सुहाग, हरियाली –तीज का त्यौहार है।

सावन की पहली बारिश

सावन की पहली बारिश में,
बादल भी दीवाना लगता है।

भीगा है तन और अंतर्मन,
सावन ये सुहाना लगता है।

बारिश की सुनी जब सरगोशी
ये कदम बहकने लगता है।

बूँदों ने छुआ जब इस दिल को,
शादाब दिल होने लगता है।

बेमौसम प्यार की बारिश में,
जज़्बात उमड़ने लगता है।

अतुल– खुशी इजहार करता है,
ये मौसम आशिकाना लगता है।

सावन की पहली बारिश का,
मंजर कुछ ऐसा लगता है।

जैसे आसमान को जमीन से,
बेशुमार –प्यार होने लगता है।

कौन है रचनाकार

कौन है रचनाकार यहाँ,
है कौन रचे... यहाँ कविता
रचे है कवि... खुद कविता को
या कविता करती है,
खुद कवि का चयन।

कभी रमणी रूप से... हर्षित करे,
कभी बौधिक क्षमता से... मुग्ध करे,
कभी मद्धम शांत सी बहे कविता।
कभी तोड़ दे तटबंध,
बन कर सरिता।

घटनाओं के वेग से,
जब व्यक्ति,
उत्तेजित – प्रेरित हो जाता है,
कविता चुन लेती है... अपना कवि
और...
खुद कवि कविता बन जाता है।
कविता का सृजन हो जाता है।।

अंजू गुप्ता
वरिष्ठ कवयित्री,
साहित्यकार
हिसार, हरियाणा

धागे

रिश्तों को
सहेजने की खातिर,
देखो...
कैसे जूझते हैं धागे।
कभी अकेले,
तो कभी.. ले सूई को संग,
इत भागे, कभी उत भागे।।

इक हिस्से से मिलें,
तो कभी दूजे से,
करने को उनको एकसार।
कर सिलाई,
कभी जोड़े उनको,
कभी...
इकजुट करे उनको,
बाँध के गाँठ।

इकजुटता बनाने की खातिर,
करते हैं अथक प्रयास।
कभी हों सफल,
कभी होतें हैं विफल,
और बदले में मिलता है...
तनाव – खिंचाव।

कपड़े को
जोड़ने की आस में 'धागे' अक्सर,
अपना अस्तित्व भी खोते हैं।
सच में...
घर के बड़े–बजुर्ग भी तो,
धागा ही तो होते हैं।

लक्ष्य

आँखें हैं बोझिल,
पर नींद है ओझल।
पहरे हैं इन पर ... सपनों के।
हाँ ! मैं विद्यार्थी हूँ,
हूँ मैं जिज्ञासु
अमूल्य है मेरा हर इक पल
मान तपस्या
करूँ मैं अध्ययन
लक्ष्य अपने से, करूं न छल
चाहत है कि बन पक्षी मैं
आसमाँ में उन्मुक्त उड़ूँ
पर सपने मेरे,
सपने ही न रह जाएं
चाहती हूँ अपने लक्ष्य से जुड़ूँ।
हाँ ! मैं हूँ ...
अर्जुन सदृश्य
और पाने हैं मुझको
सतरंगी रंग
अपना लक्ष्य साधने की खातिर ...
बदला है जीने का ढंग।।

क्या है कोई राम

कितनी अहिल्या
जीती जागती
बनीं शिला
हुई भावशून्य !
उसी वजह से...
जो व्यापित सतयुग से
है अब तलक ! !

लिए लोलुपता
धर आवरण
कितने ही इन्द्र
तोड़ें मर्यादा
करें खंडित विश्वास...
अहिल्या हो शापित
बने परिहास ! !

कभी पत्थराई
कभी लिए उम्मीद
अपने राम की राह तकें
जो पकड़ हाथ
चले साथ...
दे सम्मान
रखे गरिमा का मान !

क्या है कोई राम ? ?

यादें

दीवाली की सफाई करते वक्त,

हौले से खुल गया।

पुरानी –यादों की आलमारी का दरवाजा।

जहाँ हमारी पहली मुलाकात की

नोक –झोंक, इकरार –इसरार का

इत्र रखा था।

जिसने मन को फिर से महका दिया।

छत पर पढ़ने के बहाने,

किताबों की ओट से,

तुम्हें छिप– छिप कर पतंग उड़ाते देखने का।

वह खूबसूरत लम्हा,

डायरी के रूप में महफूज रखा था।

जिसे पढ़ने के लिये मन फिर से मचल उठा।

बारिश में तुम्हारे साथ भीगकर,

जबरदस्त खाँसी– जुखाम और बुखार होने पर–

डॉक्टर का दवाई का वह पर्चा,

खिलखिला रहा था बच्चे की तरह।

उसे देखकर फिर से तुम्हारे साथ, भीगने को मन बेताब हो उठा।

'कब तक करोगी दिवाली की सफाई' आवाज सुनकर,

देखा पीछे मुड़कर।

तुम खड़े थे प्यार का दीया लेकर।

पुरानी यादों की आलमारी का दरवाजा बंद कर,

साथ मिलकर प्यार का दीया जला दिया हम दोनों ने।

डॉ अनीता राठौर

'मंजरी'

वरिष्ठ कवयित्री,

साहित्यकार

आगरा उत्तर प्रदेश

सुबह की चाय

तुम्हारे साथ पीते हुये,
सुबह की चाय।
सिर्फ चाय नहीं होती है,
उबलते पानी की तरह।
मन में घुमड़ते विचारों को सकारात्मक– दिशा देती है।
चीनी की तरह।
जीवन के हर पल में मिठास भर देती है–
चाय पत्ती की तरह।
तन –मन में नवस्फूर्ति का संचार कर देती है–
दूध की तरह।
हर मुश्किल को दूर करने की शक्ति प्रदान करती है।
तुम्हारे साथ पीते हुये,
सुबह की चाय सिर्फ चाय नहीं होती है।
भोर की पहली किरण में,
तुम्हारे साथ बिताये,
प्रेम के क्षण, मधुर संवाद और नेह– स्पर्श की मूक गवाह होती है।

सपनों का घर

छोड़ती है मायका,
जब जाती है ससुराल।
तब एक लड़की,
सिर्फ यह चाहती है–
एक सपनों का घर हो उसका अपना।

वह चाहती है,
उस घर में,
माँ जैसा प्यार करने वाली,
सासु हो जो बिल्कुल माँ जैसी हो।
जो उसको, उसके मन को, भावनाओं और सुख –दुःख को,
समझे, पढ़े और साझा करें।
वह चाहती है,
उस घर में,
उसकी राय, इच्छा और मशविरे की अहमियत हो।
जिससे उसे भी महसूस हो,
उसका भी घर मे अस्तित्व है।

वह चाहती है,
उस घर में,
उसे भी मुक्त –आकाश मिले।
जिससे वह भी हौंसलों और कामयाबियों की उड़ान भर सके।

मेरी बेटी, मेरा विश्वास है

दुनिया चाहे जो भी कहे,
बेटी मेरी कुछ गलत कर नहीं सकती।
कभी गलत राह पर चल नहीं सकती,
क्योंकि मेरी बेटी, मेरा विश्वास है।

फर्राटे से एक्टिवा चलाती है,
अकेले बाजार के काम करती है,
दुनिया उसे कुछ भी समझे,
लेकिन उसका व्यक्तित्व बिंदास है,
क्योंकि मेरी बेटी, मेरा विश्वास है।

दोस्तों में उसके लड़के भी हैं,
मर्यादा में रहकर करती उनसे बात है,
दुनिया को यह सब लगता है बुरा,
लेकिन उसका मन शीशे की तरह साफ है,
क्योंकि मेरी बेटी, मेरा विश्वास है।

पापा की दुलारी है, मम्मी को जान से प्यारी है,
हर जन्म में वह हमारी ही बेटी बने,
ईश्वर से यही अरदास है।

वाह ज़नाब!

उम्र–दर–उम्र, लाजवाब होते जा रहे हो
परिपक्वता के सौंदर्य– प्रसाधनों से तुम
क्या खूब! वाह जनाब ! होते जा रहे हो।

ये चेहरे की सिलवटें, कयामत ढा रही हैं
बालों की चांदी यूं इस कदर इतरा रही है
बड़ी बरकत से गुजारी है जिंदगी तुमने
जवानी की कमाई, अब नजर आ रही है।

यूँ तो देखा है कई बार कमसिन –उम्र में
ओह! अब हसीं– ख्वाब होते जा रहे हो
उम्र–दर–उम्र लाजवाब, होते जा रहे हो।

गोया अब पुरानी शराब से हुए जाते हो
बहुत शोर था, बहती नदिया सा तुम्हारा
अब ठहरी– ठहरी झील सा हुए जाते हो
वक्त को ठेंगा सा लगे, जब मुस्कुराते हो।

लम्हों की शबनमी सी बूंदों में नहा कर
हाँ! शायर का मेहताब होते जा रहे हो
उम्र–दर–उम्र, लाजवाब होते जा रहे हो।

डॉ. अनीश गर्ग

चिकित्सक,
साहित्यकार

चंडीगढ़, पंजाब

नारी नहीं - अर्धनारीश्वर'

इतना आसान नहीं है
आज के दौर की नारी होना
हाँ! मर्दों के बराबर कमाती है वो।
शाम ढले फिर भी नहीं मिलता उसे
मर्दों जैसा निद्रा को मखमली– बिछौना।

जानते हो! उग आती हैं
दुर्गा सी अष्ट –भुजाएँ उसकी
इधर सब्जी, उधर रोटी सिकना
पतिदेव की चाय, कभी चश्मा ढूंढना
कार्यालय से फोन और दूध का उफनना।

नवजात से शिशु को
गोद में लेकर चुप कराना।
दर्द कैसा भी हो, देख, मुस्कुराना।
इतने किरदारों में भी खुद को ढूँढना
और यदा–कदा ही होता है स्वयं से मिलना।

बच्चे के सो जाने पर
उन्निंदा सी जाग जाती है वो
समेटकर सब चौका– चूल्हा– बर्तन
कार्यालय का काम भी निपटाती है वो
उफ! बिस्तर पे पति की जरूरतों से निपटना।

बड़े शिकवे हैं जिंदगी तुमसे!
कभी फुर्सत में औरत से मिलना
हल्दी–नमक से गंधित औरत से मिलना
'अनीश' लाख दे, मर्दों सा मूछों को ताव
'जिंदगी' नारी देह में अर्धनारीश्वर से मिलना।

चेहरे में चेहरा

अगर चाहती हो प्रिय!
प्रेम की अलौकिकता का
रसास्वादन करना....
तो देह की देहरी छोड़कर
कूद जाना मेरे भीतर
प्रथमतया आत्मसात करना
फिर भुला स्थूल को
सूक्ष्म– हृदय की वीणा का
हौले– हौले वादन करना
'मेरे चेहरे में तुम दिखो''
'और तेरे चेहरे में मात्र मैं
दंड, मजनूँ को मिले
निशां लैला– हस्त उभरें।
ऐसे कल्पित– प्रेम का
तुम यथार्थ –धरातल पर
घटित हो जाने पर इस
विशुद्ध –प्रेमानुभूति का
प्रेमपथ पर !
बिछाकर पलक– पाँवड़े
हृदय से अभिवादन करना।
मैंने देखा है बच्चों को
वस्त्रों को छोड़ किनारे,
तालाब में कूदते हुए
हाँ देखा मैंने!
भूलकर उन वस्त्रों को
आनंद को ढूँढते हुए

हाँ! यही मूलमंत्र प्रेम का!
त्यागनी होगी
विषयों की मलिन– गठरी
त्यागनी होगी
वासना की छलकती गगरी।
निस्संदेह तब!
राधे! मुझसे कृष्ण सा
अलौकिक संवादन करना......
फिर शोर होगा गलियारों में
चर्चा होगी, बाजारों में
'मोहन के चेहरे में राधा दिखे'
और तब तुम प्रिय!
'देखकर मोहन का चेहरा'
'स्वयं के मुखमंडल पर'
हृदय को आह्लादित करना
बस यूं संगिनी!
दिव्यप्रेम– सुसज्जित
–आभामंडल का तुम
अनंत –रसास्वादन करना।

प्रेम मोक्ष की सीढ़ियाँ

हे कृष्ण!
कितना विचित्र है
तुम्हारा भक्तों से
प्रेमसंबंध!
कल युद्धस्थल मेंकल में
किरदार निभाया था
बन कर सारथी
अर्जुन के रथ का
आज तुम स्वयं
सारथी बनकर
आए हो
मेरे प्रेम रथ का
हाँ कृष्ण! तुमसे ही
प्रेरित होकर
मैंने किया है
अपनी संगनी को
राधा सा प्रेम,
निष्छल निस्वाथ
शाश्वत सा प्रेम,
ये जो मार्ग
दृश्यमान है
जानता हूँ !
इन सीढ़ियों के पार,
है बस तेरी
लीला, अपरम्पार।
द्वारपाल खोलेंगे

प्रेममोक्षिय द्वार।
हाँ कृष्ण!
तुम ही नेत्र हो
तुम ही प्रणेता हो
इस दिव्य– पथ का।
तुम्हारी कृपा से ही
मुक्तिमय उद्धार
होता है प्रेम का,
वरना तो
युग–युगांतर तक है
भटकाव, प्रेम का,
यह जो साक्षात
होने लगी हैं
सीढ़ियाँ
दिव्य प्रेमलोक की।
हाँ, कृष्ण!
आभासित होता है
मेरा और मेरी
संगिनी का प्रेम
खरा उतरा होगा
तुम्हारी कसौटी पे
यूँ ही तो नहीं
प्रकटाईं सीढ़ियाँ
ये देवलोक की,
आओ संगिनी
चढ़ें ये सीढ़ियाँ

बहुत गुजरे हैं
अतीत की
दुर्गम– पगडंडियों से
आओ!
यात्रिक प्रेमानंद लें
हम दोनों युग्म
हरि सयोज्य
सालोक्य पथ का
हे कृष्ण!
आज तुम स्वयं
सारथी बनकर
आए हो
मेरे प्रेम रथ का।

गीतिका

नहीं देखा तुम सा, खुदा की कसम।
हो शुभ–शुभ शगुन सा, खुदा की कसम।
आँखों में तेरी, मक्का, मदीना।
हृदय वृन्दावन सा, खुदा की कसम।।
झाँकती हो जब तुम, दिल में, मेरे
निकलता है दिन सा, खुदा की कसम।
हकीकत यही कि, तुम हो लाजवाब
नहीं झूठी शंसा, खुदा की कसम।।
देह तेरी छूकर, महकते चमन
बना मन, सुमन सा खुदा की कसम।।
मिले हुस्न ही हुस्न, सफर में हमें
न मिला तुझ सनम सा, खुदा की कसम
नहीं पास जब तुम, यह जग अजनबी है।
मुखड़ा हमवतन सा, खुदा की कसम।।
सकुचती आई, लिपटीं फिर मुझसे
लिए अपनापन सा, खुदा की कसम।।

अमरनाथ अग्रवाल जी

वरिष्ठ कवि, लेखक

लखनऊ, उत्तरप्रदेश

कौन ? (लावणी गीत)

उतर रहे हैं प्राण, क्षितिज से, जीव–सृष्टि का सार लिए।
कौन गगन से चला आज है, भर कर झोली प्यार लिए?

रिमझिम, रिमझिम, रिमझिम, रिमझिम, पानी की बौछार लिए।
झर–झर, झर –झर, झरते निर्झर, जल की मधु–गुंजार लिए।
कलकल–कलकल, नदियाँ बहतीं, पानी की जलधार लिए।
पक्षी पेड़ों पर दुबके हैं, ईश्वर से मनुहार लिए।

कौन गगन से चला आज है, भरकर झोली प्यार लिए ?

दमके दम– दम दमक दामिनी, धनु जैसी टंकार लिए।
मंद–मंद बहती मलयानिल, संजीवन– संचार लिए।
भेज रही है निशा निमंत्रण, यौवन का मद–भार लिए।
गेसू उसके टपक रहे हैं, मोती की भरमार लिए।

कौन गगन से चला आज है, भरकर झोली प्यार लिए?

भर आँचल, धरती अँगड़ाई, हरी–कोख का भार लिए।
इला चली शिव के पूजन को, सुमन हार–सिंगार लिए।
नाच रही अब प्रकृति धरा पर, पायल की झंकार लिए।
महके शतदल बीच सरोवर, सुरभित मृदु– संसार लिए।

कौन गगन से चला आज है, भरकर झोली प्यार लिए?

राम की जल-समाधि

काले –कपड़े पहन कर शाम,
सरयू–तट पर घिरी थी, शाम।
अविरल –आँसू, गहरा पानी,
बूँद–बूँद में, व्यथा समानी।
गोद खिलाया, जिसको बचपन,
धो–थो तन, नित पोता चंदन।
उसी गोद में दशरथ–नंदन,
करने आए, आज समर्पण।
सरयू मात को, अपने प्राण।
जय रघुनन्दन, जय सिया राम।।

रोती सरयू, चरण पखारे,
विह्वल –मन से, शीश फुहारे।
बहती जाती, रोती जाती,
श्री–चरणों में, सिर पटकाती।
आज लुटी, सब जीवन–थाती,
चाह रोकना, रोक न पाती।
मेरे बेटे! मेरे स्वामी!!
तुमने मन में, यह क्या ठानी?
मुझको भी कुछ, बता दो, राम!
जय रघुनन्दन, जय सियाराम।।

भरा नहीं सरयू में जल था,
केवल बहता लोचन–जल था।
जल में डूबा, मन विह्वल था,
मन के अंदर कोलाहल था।
तल सम्हाले, तीन लोक था,
जल उतरा, वैकुण्ठ –लोक था।

जल में कुम्भ, कुम्भ में जल था,
जल पर तैरा, नीलकमल था।
जिस पर दपके, लोचन–श्याम।
जय रघुनन्दन, जय सिया राम।।

हाथ रखे, कंधे पर सरयू
रोती जाती, माता सरयू।
आँसू से प्रिय–चरणाँ धोती,
प्रभु के जल से, प्रभु को थोती।
बार–बार करती, जल–तर्पण,
कभी अधर, कभी छूकर श्रवण।
बढते जाते, कदम राम के,
गीला–आँचल मात, थाम के।
चीख पड़ी तब, कलमुँही शाम।
हे रघुनन्दन! सिया–पति राम !!

फँसें चक्र में, नीलकमल जब,
जागा शेषनाग, बेकल तब।
यह कैसी लीला है स्वामी?
ईश! आपने क्या मन ठानी?
जल में तीनों लोक डुबाए,
सरयू–पथ से क्षीर, नहाए।
देह– अनश्वर, जल से धोकर,
पृथ्वी के पापों को धोकर।
नर से बने, नारायण, राम।
जय रघुनन्दन, जय सिया राम।।

सुखदा मुक्तक (भक्ति रस)
शिव अर्चन

शीश नवाती दुनिया, जिस मुण्डमाल को।
सर्प, गले को सोहें, शशि, दिव्य– भाल को।
गोद में गजभाल ले, उमा वामाँग में।
काल भी हाथ जोड़े, उस महाकाल को।।

दोहा-(श्रृंगार रस)
कमर

कमर कटीली, कामिनी,
कंचन के कटिबंध।
कटि, कटि, करके काटती,
केसरियों के कंध।।

मुक्तक–
सहारा

तैरते को सागर का किनारा चाहिए।
डूबते को तिनके का सहारा चाहिए।
यह भीड़ गोवर्धन गिरि, उठा लेगी आज,
बस कृष्ण की अँगुली का सहारा चाहिए।।

संत

नहीं किसी का बुरा वे चाहें, जो हैं मन से संत।
गरमी, जाड़ा, बरषा में रखें, मन में सुखद– वसंत।
घेरें मेघ, कभी नहीं दुख के, न घेरे अंधकार।
चलें जगत में बाँटने सुख वे, करने दुख का अंत।

ये कैसा वनवास रे

आलिंगन के प्रहर में प्रिय! ये कैसा वनवास रे?
ऋतु बासन्ती गा रही जब, प्रणय का मधुमास रे!

रात्रि, खिली थी इक कली, यादों से तेरी कोख भर,
भोर तक रिसती रही जो, शबनम से मोती पोंछ कर।
उर– निलय में प्रीत तेरी, भर रही उन्माद रे!
बिन तुम्हारे कृश नयन, पतझड़ के जैसे पात रे !

आलिंगन के प्रहर में प्रिय! ये कैसा वनवास रे?
ऋतु बासन्ती गा रही जब, प्रणय का मधुमास रे!

फागुनी –मादक– हवा, प्रकृति का श्रृंगार कर दी,
नव– कुसुम कलियों, संग अभिसार कर ली।
संदली – मादक – मलय, खिला रहा जलजात रे!
कोमल, कमलिनी, कामिनी जोहती तेरी बाट रे!

आलिंगन के प्रहर में प्रिय! ये कैसा वनवास रे?
ऋतु बासन्ती गा रही जब, प्रणय का मधुमास रे!

अल्हड़– तितलियों के पंख, रँग, फागुन रंगोत्सव मना रहा,
भ्रमर पी पराग छककर, नशे में डगमगा रहा।
ले सुभग! बाँहों में लतिका, प्रणयिनी आह्वान रे!
अमलतास मस्ती में झूमें, रुनझुन– रुनझुन गान रे।

आलिंगन के प्रहर में प्रिय! ये कैसा वनवास रे!
ऋतु बासन्ती गा रही जब, प्रणय का मधुमास रे!

किरण मिश्रा
'स्वयंसिद्धा'

वरिष्ठ कवयित्री,
साहित्यकार

नॉएडा, उत्तरप्रदेश

गुलाबी कँवल

इक गुलाबी कँवल,
कुंज –सरोवर में जब,
शीतलपुंज– शशि से
टकराया,
शीतल समीर ने हौले से,
फिर रजनी के कानों में
मिलन का –
ये गीत गुनगुनाया।

तारे जगमगाए
रातरानी बहकी,
झर उठे हरसिंगार,
चाँदनी –घूँघट पट में
चाँद संग करने लगी ठिठोली,
नदिया खिलखिलायी,
सागर की बाहों में,
फिर मौजें डोली,

आओ न, शलभ!
रूह ने फिर जला रक्खा है
आज
तुम्हारे इन्तजार का दीप,
इस मन के आले में।

तुम्हारे लबों की–
गर्मी में जलना है,
अब इस शमा को
शब से सहर होने तक......!!!!

इन्तजार

जादूगर!
मुझे डूबना है, तुम्हारे प्रेम में,
मीरा सी।

मुझे महकना है,
तुम्हारे हृदय के कोटर में,
कैकेयी सी।

मुझे कूकना है,
बासन्ती कोयल बन, तुम्हारी बाहों में
राधा सी।

गुलाबी हो जाते हैं,
हीर से मेरे गाल,
तुम्हारे अहसासों के सेमल से।

तैरती रहती हूँ मैं,
तुम्हारे जज्बातों के दरिया में,
सोहनी सी।

मुझे चोंच मारना है,
तुम्हारे खट्टे –मीठे होंठों पर,
मैना सी।

मुझे लिखना है,
एक ऐसा छन्द,
जिसे अभी –अभी गाया हो,
ऋषि वाल्मीकि ने,

मुझे बनना है, कालिदास की
वो स्नेहिल–नाजुक पंखुड़ियों सी

शकुन्तला !
हाँ मुझे करना है
गन्धर्व –विवाह !

आँख बन्द कर,
राजा दुष्यन्त से,
जिससे बना रहे,
मेरा इन्तजार !

अभिज्ञान –मुद्रिका,
के मिलने तक,
और तुम न आये,
कोई लाँछन,
विस्मृति का !
सुनो जादूगर!
तुम्हारी याददाश्त के
वापस आने तक
इन्तजार करूँगी !

उच्छवास के,
आखिरी पल तक,
मैं आरण्यकी सीता सी ....!!

कभी उलझी थी दो आँखें वही अभिसार रहने दो॥

नहीं करते अगर इकरार, तो इन्कार रहने दो।
कभी उलझी थी दो आँखें, वही अभिसार रहने दो।

तुम्हारे लफ्ज छूकर जब,
कँवल सा मन ये खिलता था।
बरसता प्रणय का सावन,
हाथ से जब हाथ मिलता था।

चलो छोड़ो शिकायत फिर वही इजहार रहने दो।
कभी उलझी थी दो आँखें वही अभिसार रहने दो।।

प्यासे इन लबों से मिलना,
धड़कनों को तेरी कब रास आया।
तेरी साँसों से साँसों का,
अलख कब मधुमास आया।

छेड़ी थी प्रेम धुन हृदय में वही उद्गार रहने दो।
कभी उलझी थी दो आँखें, वही अभिसार रहने दो।

सदायें दे रहा है वक्त,
बेरहम इस रुसवाई पर।
चलो अब लौट भी जाओ,
न मुड़ना जग–हँसाई पर।

बनाओ फिर नई सरकार हमें बेजार रहने दो।
कभी उलझी थी दो आँखें, वही अभिसार रहने दो।

मेरी बेटी मेरा अभिमान

गीतांजलि अरोड़ा
'गीत'
वरिष्ठ कवयित्री,
साहित्यकार
दिल्ली

नन्हें–नन्हे से कदम लेकर घर मेरे, पहली बार जब तू आयी थी।

अपने घर द्वार पर तेरे कोमल पांव की, छाप से इक रंगोली मैने बनाई थी।

तेरे नन्हें कदमों से ही तो घर में, मेरे बरकत आयी थी।
तू मेरे घर की बेटी नहीं सबकी लाडली कहलायी थी।

बनकर हँसी होंठो पर मेरे तू ही तो मुस्कुरायी थी।
तेरी बड़ी बड़ी आँखों में मुझको नजर दुनिया सारी आयी थी।

तेरी मासूम सी सूरत में रब की ही सुरत समायी थी।
तेरे रुप में अपने बचपन की हर चीज मैने पायी थी।

जब भी देखती तुझको मन में अक्सर ख्याल ये आता है।
घर की मेरी रौनक, लाडो मेरी, इक रोज हो जानी परायी थी।

परछाई

रोज सवेरे
उभरती मेरे अन्दर,
एक परछाई।
और रोज मैं
घिर, सवालों में जाती...

कभी गैर नहीं लगी मुझे
ये परछाईं।
पर मैं इसको
पहचानती भी नहीं।
रोज सवेरे उभरती
मेरे अन्दर एक परछाई।

मगर आज जब,
तुम्हारा चेहरा
इससे मिलाया तो
जाना कि तुमने...
मेरे पास रहने को
ये रूप, धरा है।
मेरे अन्दर के खालीपन को –
ले परछाई–रूप भरा है।

रोज सवेरे, उभरती
मेरे अन्दर एक परछाई।

वक्त

रेत की तरह हाथों से,
वक्त फिसल ही गया।
चाहा बहुत समेटना
रिश्ता बिखर ही गया।

वक्त को हाथों में लेकर,
रेत का घरौंदा बनाने चली थी।
किनारों पर सागर के बैठ,
प्रेम –नगर बसाने चली थी।

इक लहर आयी,
घर वो टूट गया,
चाहा बहुत समेटना
रिश्ता बिखर ही गया।

गीली– रेत लिए हाथों में,
तन्हा बैठी सोच रही हूँ।
जिस पल तुम बस मेरे थे,
वक्त आज वो किधर गया?

चाहा बहुत समेटना,
रिश्ता बिखर ही गया।
रेत की तरह हाथों से
वक्त फिसल ही गया।।

तेरा ही फसाना होगा

मेरे हर इक गीत में, तेरा ही फसाना होगा।
एक रोज सबके लबों पर मेरा तराना होगा।

माना अभी बहुत सफर तय करना है मुझको।
कभी शोहरत की ऊँचाई पे, मेरा ठिकाना होगा।

सुनो आज जिस दुनियाँ पर इतराते हो तुम,
देखना किसी रोज मेरा भी ये जमाना होगा।

जब बढ़ा लिया है कदम काँटों भरी राह पर।
क्या फिर सोचना कि घाव कितना पुराना होगा।

यकीं है मेरा, वार करेंगे मेरे अपने ही मुझपर।
गैरों का यह दिल नहीं कभी भी निशाना होगा।

बढ़ेंगे जितने न उम्मीद के साए मेरी तरफ।
हौंसला उतना ही तब मुझको बढ़ाना होगा।

बन जाएगा रोग जब, जिस्म मे जानलेवा।
तब तो ये ज़ख्म किसी हकीम को दिखाना होगा।

पूछा जब किसी ने, बता तेरा मुकाम क्या है?
मजबूर होकर तब मुझे, नाम तेरा बताना होगा।

आओ हे माँ शारदे

वंदन की पावन बेला में,
आओ हे माँ शारदे,
जग जन के मानस में फैले,
तम में ज्योति प्रसार दे।

माँ हम तेरे बाल बुलाएं,
करो ना देरी आने में,
पावन वेला बीती जाती,
हे माँ तुम्हें मनाने में,
बुद्धि संकुचित अति ही परिमित,
आके इसे विस्तार दे।
वंदन की पावन बेला में,
आओ हे माँ शारदे।।

दुग्ध धवल सम वस्त्रावृत माँ,
श्वेत मराल तुम्हारा वाहन,
धवल चंद्रमुख अनुपम शोभन,
और श्वेत हिम सम कमलासन,
वीणा वर के झंकृत स्वर पर,
कौन न तन मन वारदे,
वंदन की पावन बेला में,
आओ हे माँ शारदे।

ज्ञान रश्मियाँ कर में लेकर,
कब अवतरित तुम होंगी माँ,
भयाक्रांत अज्ञान दनुज से,
जन–जन को मुक्त करोगी माँ,
अंधकार अज्ञान जलधि में,

डॉ. देवेंद्र शर्मा

वरिष्ठ कवि, लेखक

अलवर, राजस्थान

डूबे हमको तार दे,
वंदन की पावन बेला में,
आओ हे माँ शारदे।

तेरी अक्षय ज्ञान राशि का,
गान स्वयं ब्रह्मा गाएं,
उस राशि का अंश तनिक सा,
हम किस विध तुमसे पाएं,
हमें न इक्षित ज्ञान वेद का,
हमको तो बस सार दे,
वंदन की पावन बेला में,
आओ हे माँ शारदे दे।

माँ

भोली भाली सूरत होती,
सबको एक जरूरत होती।
जो जाता हो भीग बिछोना,
सूखा करे सुलाए छोना,
खुद गीले में है जा सोती,
निज संतान पर वारी होती,
माँ ममता की मूरत होती,
यदि संतान का अंग भी दुखा,
मोती मात नयन ना सूखा,
खुद खा लेती रूखा सूखा,
लेकिन पुत्र रहे ना भूखा,
माँ वही अन्नपूर्णा होती,
लज्जा अपनी रहे छुपाए,
पुत्रों को कपड़े पहनाए,
जैसे उनके मन को भाए,
उन्हें देख खुश खुद हरशाए,
माँ विधि का भंडार है होती,
पुत्र काम यदि आन पड़ेगा,
तभी वहां वरदान मिलेगा,
जब जी चाहा चरण छू लिए,
सभी अभय के दान ले लिए,
माँ संपूर्ण मुहूरत होती,
पंचतत्व यह अधम शरीर,
जिसको जाए माँ की पीर,

ब्रह्मा ने सबको उपजाया,
उसको किसी तो माँ ने जाया,
माँ ब्रह्मा से बढ़कर होती,
पंचभूत यह निर्मित माया,
मातृ रूप सर्वत्र समाया,
उसने किसको नहीं लुभाया,
तभी ब्रह्म बन बालक आया,
माँ ममता अपरंपार होती।

वर दे

वर दे... वर दे ...वर दे
वर दे माँ नव कंज हासिनी,
ज्ञान वेद गीता प्रकाशिनी,
देव ऋषि और स्वयम देव भी,
निशि दिन करते तब आहवान,
तुम श्रद्धेय सभी देवों से,
माते श्रेष्ठ तुम्हारा वाहन,
तुम हो माँ सित हंस आसिनी,
वर दे माँ नव कंज हासिनी।

काव्य सर्जना करें सतत हम,
ज्ञान गिरा गौरव हमको दो,
श्रेया प्रेय बन सके छंद जो,
ऐसे नूतन भाव अमर दो,
कवि रसना पर सदा वासिनी,
वर दे माँ नव कंज हासिनी।

पाकर करुणा कोर तनिक तव,
जीवन हम निज सफल बनावें,
ऐसी कृपा करो माँ हम पर,
चरणकमल हम निशिदिन ध्यावें,
आ अज्ञान कल्मष विनासिनी,
वर दे माँ नव कंज हासिनी।

एक यह वरदान दो

हे प्रभो! हम पर कृपा कर,
एक यह वरदान दो ,
आन दो और मान दो,
निज देश का अभिमान दो।

पितृ जन औ गुरु जन के,
चरण में नित् प्रीत हो,
पड़ोसी हों परिजन हमारे,
मित्र हों मन मीत हों
पूजैं माँ सरस्वती को,
ज्ञान दो विज्ञान दो।

असत्य से हो शत्रुता,
छल दंभ से विद्वेष हो,
मृदु वचन ही हौं अधर पर,
क्रोध सब निरुशेष हो,
घृणा की ना पड़े छाया,
वह मन हमें महान दो। हे प्रभो!
करें पर सेवा सदा,
दुख दूर करना धर्म हो,
मातृ भू पर मर मिटें,
राष्ट्र उत्थान नित्य कर्म हो,
शक्ति दो और भक्ति दो,
सद भक्त का सम्मान दो। हे प्रभो

मृगनयनी

मृगनयनी सी चपल, चंचल, नयनों वाली,
अल्हड़ नवयौवना, मासूम सी,
अपने ही ख्यालो में खोई हुई,
कुलाँचें भरती, मदमस्त सी ग्रामीण बाला।

ख्यालों में उसके अपने राजकुमार को सफेद –घोड़े पर
सवार, बादलों के बीच से आता देखकर मंद –मंद, मुस्कान
बिखेरती।

पर गरीबी ने उस चंचल, चपल, हिरणी सी,
पनघट से गागर भरकर लाने वाली,
गाँव की पगडंडियों पर लहराते हुए,
अपनी मदमस्त –चाल से चली आ रही हैं।
कि घर पहुँच कर गागर को सिर से उतारकर रखने ही वाली थी।
कि बापू का स्वर उसके कानों में पड़ा,
बापू के साथ एक प्रौढ़ व्यक्ति व दो लोग और बैठे हैं।
उसने गागर उतारी। बापू की बात सुनने लगी,
अस्पष्ट सी बातों को सुनने की कोशिश कर रही है।
एक आवाज गूँजी की बात पक्की।
आठ दिन बाद ब्याह की तारीख पक्की ठीक है ना।
वो मासूम –बच्ची समझने की कोशिश करने लगी, की किसका ब्याह, कैसा
ब्याह? उसका अंतस घबरा गया, क्या मेरा ब्याह?
अल्हड़, नवयौवना की नैनों से नींद रूठ गई,
अंतस के सपने चूर –चूर हो गए। उसका ख्वाब चकनाचूर हो रहा है,
पर आवाज कोई नहीं सुन रहा है। न माँ, न बापू न भाई
और वह मृगनयनी, कस्तूरी की महक लिए, मौन, यंत्र –चलित सी, सूनी–सूनी,
आँखों से अश्रु बहाती, चुपचाप एक प्रौढ़ के साथ ब्याहने वाली है।
नारी की यह भी एक करुण– व्यथा है।

नीलू सक्सेना
वरिष्ठ कवयित्री,
साहित्यकार
देवास, मध्यप्रदेश

बिटिया - विदाई

बिटिया माँ के कलेजे का टुकड़ा होती
हैं।
बिटिया की बिदाई बड़ी मुश्किल होती
है।
पर दुनिया का दस्तूर भी निभाना होता
है।
कई बार तो लगता हैं कि,
यह रीति ही क्यों बनाई ?

अनजान परिवार में,
किसी अनजान को अपने कलेजे के
टुकड़े को सौपना,
बड़ा कठिन होता है।
जैसे बन्द –लिफाफे में रखी चिट्ठी,
में क्या होगा, कैसा होगा,
उसके सपनों का राजकुमार।
सनातन –काल से चली आ रही,
परम्परा का निर्वाह करना भी, तो
जरूरी होता है।
और अपने कलेजे के टुकड़े को ब्याह
कर विदा करना,
भी तो जरूरी होता है।

जब बेटी पहली बार ससुराल
जा रही होती है।
माँ के अश्रु अविरल धारा बहाते हैं।
पिता उस वक्त तो बेटी को आशीर्वाद
देता है।
पर पिता हृदय बड़ा कोमल होता है।
और वो छुप –छुप कर अश्रु बहाता
है।
जब बेटी पिता के गले लग रोती है
तो पिता,
अपने अश्रु रोक नहीं पाता है।
सभी की आँखों से अश्रु –जल
की धारा बह जाती है।
पिता के लिए उसकी बिटिया
किसी राजकुमारी से कम,
नहीं होती।
इसीलिए एक माँ और पिता के लिए
बेटी की बिदाई बड़ी,
मुश्किल होती है।

फटा आँचल / जली रोटी

एक गरीब औरत अपने फटे –आँचल से,
अपने शरीर को ढकने की नाकाम कोशिश करती हुई।
मजदूरी कर रही,
और समाज के गंदे लोगों से खुद को बचाती हुई,
अपने बच्चों का पेट पालने की खातिर।
मजदूरी करती ईंट, तगारी उठाती।
अपने तन को भी ढाँकने की नाकाम कोशिश भी करती।
शाम को आटा दाल, नमक, तेल इत्यादि
सामान की पोटली सिर पर धरकर अपनी
टूटी– फूटी झोपड़ी में पहुँचती व बच्चों को प्यार से चूमती।
पल्लू से चेहरे पर आया पसीना पोंछते हुए सोचती–
कि अब दूसरे कपड़ों की जरूरत है।
अगले ही पल उसे बच्चों का मासूम चेहरा दिखता।
विचार त्याग रात की रोटी बनाने में जुट जाती।
रोटी बनाते वक्त सोचती की, कल मालकिन से साड़ी माँग लूंगी कोई पुरानी।
और यह क्या सोचते –सोचते उसकी रोटी जल जाती।
उस जली रोटी को अलग रख दूसरी रोटियाँ बच्चों के लिए सेकती व खिलाती रही।
और अब उस जली रोटी को खा रही है।
सोचती है जली रोटी है पर रोटी तो है खाकर पानी पीकर सो जाती है। अगली सुबह के लिए।

श्रृंगार

श्रृंगार पर बहुत अधिक लिखा गया है।

नवरस में से श्रृंगार रसों का राजा है।

सौंदर्य भी एक कला है।

नारी के श्रृंगार की, पैर के नख से लेकर शीश तक व्याख्या की गई है।

श्रृंगार से नारी ने अपने प्रत्येक अंग को सौंदर्य से नवाजा है।

गहनों से भी नारी श्रृंगारित होती है।

बिंदिया, बाली, झुमका, कंगन,

पायल, बिछिया।

मेहंदी, कुमकुम, महावर,

कजरा, गजरा।

नारी को सजाते हैं।

पर यह तो नारी का श्रृंगार तन का होता है।

नारी का वास्तविक श्रृंगार

तो मन का होता है।

नारी का असली श्रृंगार तो त्याग, समर्पण, सहनशीलता,

परिवर्तन शीलता, और सृजनशीलता है।

वही नारी का प्रथम गुण है।

उससे ही नारी देवी–स्वरूपा होती है।

नारी श्रृंगार में गुणों की खान होती है।

बाह्य श्रृंगार तो से नारी इंद्र– लोक की अप्सरा सी प्रतीत होती है।

अंतस के श्रृंगार से नारी घर –परिवार, समाज, देश में राज कर सकती है।

नारी की विद्वत्ता भी एक प्रकार का श्रृंगार ही होता है।

अंतस की सुन्दता से एक नर भी नारायण हो सकता है।

अंतस श्रृंगार सौंदर्य से ही नारी नारायणी होती है।

तो नर अंतस मन की सुन्दता से नारायण होता है।

अभिशप्त नौनिहाल

हाँ! कहने भर को हूँ
मैं भी 'नौनिहाल' इसी देश का।
पर कहाता हूँ
कहीं रामू, कहीं छोटू।
ढाबों में बर्तन घिसते
या जूते चमकाते
या फिर मजदूरी करते
असली नाम तो अपना
भूल बैठा, कभी का।

सहायक हूँ मैं
कमाकर घर चलाने में
पिता करे न काम कोइ
माँ को चाहिए दवा
भूख से बिलखें, बहन भाइ
करनी हैं उनकी
पूरी जरूरतें मुझे ही।

कहने को मिले
शिक्षा– भोजन निशुल्क।
पर नहीं है बस्ता, कंधे पर मेरे।
मेरे कंधे पर तो–
जूता है बदनसीबी का
सम्पन्न के पैरों में पहना हुआ।
नहीं हिम्मत मुझमें
कह सकूँ हटाने को
ये जूता अपना उनको

नीलोफर नीलू
(नीरू नैय्यर)

वरिष्ठ कवयित्री,
साहित्यकार

देहरादून, उत्तराखंड

चूँकि मैं तो हूँ
एक 'अभिशप्त नौनिहाल'
इसी के सर पर होगा निर्भर–
भविष्य एक दिन
देश का अपने।

श्रवणकुमार

हर कोई चाहे पुत्र पाए श्रवणकुमार सा
चाहा किसने पति भी होवे उसके जैसा।

अंधे मात–पिता संग, ले काँवर कांधा
जंगल, गिरि, नदी भी बन पाए न बाधा।

रोक न पाईं बाधा, न कोई कंकड़ प्रस्तर
चला तीर्थ कराने का, प्रण वो धारण कर।

भाग्य था अवगत, काल ने जो है ठानी
मातृ –कंठ में तृषा रूप में मौत समानी।

तय था दशरथ पर श्राप का कहर टूटना
रख दिया शर ने, श्रवण का चीर कर सीना।

मात–पिता ने पुत्र शोक में तन त्याग दिया
पाप नाश करने को राम ने अवतार लिया।

हुआ आज्ञाकारी पुत्र रूप में श्रवण अमर
काश वैसी सन्तानें फिर जन्में धरती पर।

सुन लो प्रभु मेरी ये ही तुम विनती कातर
वृद्धाश्रम न दिखें कहीं भी इस धरती पर।

पीढ़ियाँ आने वाली भी तब होंगी संस्कारी
गोद मिले बच्चों को बाबा–दादी की प्यारी।

मेरी बेटी मेरा अभिमान

डगमग– कदमों से तू आई
छम– छम पायल छनकाई।
पेटी खुशी की गई मैं मान
मेरी बेटी, मेरा अभिमान।

बोलना सीख, तू तुतलाई
उर की कली मेरे मुस्काई।
मेरे दिल का तू अरमान
मेरी बेटी, मेरा अभिमान।

स्वयं जैसी, सबको जाना
भेद –भाव कोई नहीं माना।
कितनी तू भोली, नादान!
मेरी बेटी, मेरा अभिमान।

माना कि है तू छोटी आज
निभाएगी दो कुल की लाज।
निर्बल कहाँ तू, है बलवान
मेरी बेटी, मेरा अभिमान।

बेटे –बेटी में करे पक्षपात
बेटी को पहुँचता आघात।
दोनों ही एक सम संतान
मेरी बेटी, मेरा अभिमान।

बिन कहे, मेरा दर्द पहचाने
तुझ सा कौन? मुझे जो जाने।
तुझ पे दिल, जां से कुर्बान
मेरी बेटी, मेरा अभिमान।

वसुंधरा

थी प्रारम्भ में मैं भी, तो कितनी ही सुंदर
स्वर्ग सम हरी– भरी, खुशहाल व अनुपम।
पर मनुष्य तेरे क्रियाकलाप ने कर दिया–
कैसा बुरा कोई देखे तो, मेरा हाल बद्तर।

वृक्ष काटे, फिर उगा दिए कंक्रीट के जंगल
उन्नति के नाम पर हुआ अंधाधुंध दोहन।
दृष्टिगोचर चहुँ ओर, कूड़ा– करकट हो रहा
फैलाकर रखा है सबने, कितना ही प्रदूषण।

माना मैं हूँ प्रेममयी, किसी माता के ही समान
किन्तु तेरी ये हरकतें, निकाल लें मेरी जान
क्या ये संसार है सीमित केवल तुझ तक ही
अगली पीढ़ी का जीना कैसे होगा आसान?

मुझे आधुनिकता की चढ़ाए भेंट कम–अक़्ल
अति बुरी है यंत्रों की, रुक जा अब सम्भल।
पर्यावरण को कर देगा, अगर तू प्रदूषणरहित।
नई पीढ़ी भी पाएगी, धरा सुरभित व कुसुमित।

★ ★ ★

चिराग

जब से होश है संभाला
यही सुनती आयी हूँ।
बेटा तो है चिराग घर का
बेटी अमानत पराई है।
प्रण है मेरा आज नारी से—
कोख में पले जब दोनों
तो एहसास क्या अलग पाया?
प्रसव –वेदना झेली जब
तो दर्द में भी अंतर पाया?
जवाब तुम्हारा 'नहीं' होगा
तो बोलो क्यों–?
एक चिराग और एक पराया है।
बेटा यदि गुलशन है तो
बेटी फूल सुहाना है।
एक दिल तो दूजा धड़कन
दोनों माँ के हृदय के स्पंदन।

प्रीति डीमरी

वरिष्ठ कवयित्री,
साहित्यकार

देहरादून, उत्तराखंड

क्योंकि तुम प्रेम हो

क्योंकि तुम प्रेम हो !
मेरी आत्मा हो।
जीवन का अर्थ हो।
साँसों का उच्छवास हो।
हृदय का स्पंदन हो।
नयनों का ख्वाब हो।
क्योंकि तुम प्रेम हो !
पुष्पों का पल्लव हो।
मयूर का नृत्य हो।
भोर की लालिमा हो।
कान्हा की बाँसुरी हो।
मेरे मनमोहन हो।

क्योंकि तुम प्रेम हो !
जलधि का सुकून हो।
नदी की निर्मलता हो।
पंछी की चहचहाहट हो।
मेरे मनमीत हो।
प्रेम का अर्थ हो।

हाँ, क्योंकि तुम प्रेम हो।।

वादा है तुझसे

वादा है तुझसे, आज मेरा
रिश्ता प्रेम का निभाऊँगी।
मै नदिया की वो धार हूँ
एक दिन समंदर में
मिल जाऊँगी।
तुझमें समा जाएगा
मेरा अस्तित्व, एक दिन।
सिर्फ पानी ही पानी
नजर आऊँगी।
मैं बादल से छिटकी वो बूँद हूँ–
धरती में एक दिन, खो जाऊँगी।
सिर्फ एहसास
नर्मी का होगा।
तनिक नजर न आऊँगी।
तेरे प्रेम में किया हर वादा
इस जन्म तो क्या
हर जन्म, मैं निभाऊंगी।

हाथों में हाथ तुम्हारा

हाथों में मेरे हाथ तुम्हारा,
तुम्हारा प्रेम, संबल मेरा।

मेरा हर पल नाम है तेरे,
तेरे शब्द, शक्ति बनते मेरे।
मेरे ख्वाबों का महकता संगीत,
संगीत के हर सुर पर नाम तेरा।

तेरा साथ चाहूँ प्रतिपल,
प्रतिपल दृढ़ होता विश्वास मेरा।

मेरा जीवन सुरभित करता,
करता परिपूर्ण सदा प्रेम तेरा।

नेह दीपक तुम जलाओ (नवगीत)

नेह –दीपक तुम जलाओ,
आस –दीपक हम जलाएँ।
रज –रश्मियों को नेह की,
अब उदासी छल न जाएँ।
और ख्वाबों का उजाला,
व्यर्थ ही अब हो न जाए।
हम उदासी के तमस को,
हृदय –अम्बर से हटाएँ।
नेह –दीपक तुम जलाओ,
आस –दीपक हम जलाएँ
आँधियाँ फिर से दुखों की,
आज क्यूँ मुखरित हुई हैं?
निज– कर्म में हम, आस रख,
नींव, गढ़ देंगे सुखों की।
डबडबाती– रश्मियों की,
अस्मिता को हम बचाएँ।
नेह– दीपक तुम जलाओ,
आस –दीपक हम जलाएँ।
खुशियों की रश्मि उगाएँ,
प्रीत मंडित कर सवेरा।
और अपनी इस धरा पर,
शांति का हर पल बसेरा।
सब दुखों को भूल कर अब,
प्रीत के शुभ– गीत गाएं।
नेह –दीपक तुम जलाओ,
आस –दीपक हम जलाएँ।

डॉ. प्रतिभा गर्ग 'प्रति'
वरिष्ठ कवयित्री,
समीक्षक
गुरुग्राम, हरियाणा

शारंग उठा कर श्री रघुवर!

शारंग उठा कर श्री रघुवर!, कर दो अब, संहार।
मारो कलयुग के रावण को, अब तो लो अवतार।

निशदिन पाप बढ़ा धरती पर, हो दुष्टों पर वार।
लाखों सीता संकट में हैं, प्रभु! करो उद्धार।
अवधपुरी फिर से आनंदित, गुंजित है संसार।
शारंग उठा कर श्री रघुवर, कर दो अब संहार।
मारो कलयुग के रावण को, अब तो लो अवतार।

राम –नाम में सार छिपा है, दिव्य राम अविराम।
घर–घर छाया प्रभु का वैभव, गूँजे तेरा नाम।
श्री रघुनंदन! धरा पधारो, है स्वागत सत्कार।
शारंग उठा कर श्री रघुवर, कर दो अब संहार।
मारो कलयुग के रावण को, अब तो लो अवतार।

मर्यादा जग को सिखला दो, दो दुनिया को ज्ञान।
मिथ्या, लिप्सा, लोभ भग्न कर, राम धनुष को तान।
करुणा से अपनी, बरसा दो, वसुधा पर उपकार।
शारंग उठा कर श्री रघुवर!, कर दो अब संहार।
मारो कलयुग के रावण को, अब तो लो अवतार।

(शारंग – श्री विष्णु का धनुष)

ग़ज़ल- कर दिखा कुछ तो अनोखा जिंदगी कहने लगी

कर दिखा कुछ तो अनोखा जिंदगी कहने लगी।
हो मुझे अब नाज खुद पर रूह भी कहने लगी।

सादगी का ये हुनर आसान भी इतना नहीं।
शखसियत तेरी शिखर– सी सादगी कहने लगी।

हूँ मुसाफिर रात का मैं तीरगी से पूछ लो।
चाँद से यूँ अब उभरती रौशनी कहने लगी।

कर सको दिल खुश किसी का नेक है ये जाविया।
ऐ! मनुज इंसानियत रख बंदगी कहने लगी।

मंजिलों से दूर बेशक राह पर हूँ मैं अडिग।
ढूँढ़ लूँगा मैं उसे अब तिश्नगी कहने लगी।

हुस्न उसका था गजब का देखकर मैं खो गया।
होश में कैसे रहूँ ये बेखुदी कहने लगी।

दर्द –ए– दिल है जगा अब देखकर 'प्रतिभा' तुझे।
खुद–ब–खुद ही ये ग़ज़ल यूँ शायरी कहने लगी।

श्रमिक

करे परिश्रम कृषक खेत में, फसल वही उपजाता है।
श्रम से वो है अन्न उगाता, उचित मूल्य कब पाता है?

बैल–जोत खलिहानों में ही, जीवन बीत गया सारा।
कर अब इन पशुओं की सेवा, मिले नित पुण्य प्रभु द्वारा।
चीर धरा का उदर रोज तब, स्वर्णिम फसल उगाता है।
कड़ी –धूप में बहा पसीना, तभी कृषक कहलाता है।

करे परिश्रम कृषक खेत में, फसल वही उपजाता है।
श्रम से वो है अन्न उगाता, उचित मूल्य कब पाता है?

पंछी, कीड़े दूर भगाये, खुश्क –नयन में पीर भरे।
उष्मा से खुद को पिघलाए, तपता सूरज, धीर धरे।
अन्नदाता कहे, सकल –जगत, विशिष्ट जग से नाता है।
श्रम– साध्य, कर्मों के बदले, भरे न उसका खाता है।

करे परिश्रम कृषक खेत में, फसल वही उपजाता है।
श्रम से वो है अन्न उगाता, उचित मूल्य कब पाता है?

सहचरी संग, अन्न बेचने, भर अन्न बैल –गाड़ी में।
लिए टोकरी उठा शीश पर, चली नार फिर साड़ी में।
बेच अन्न गुनता है सपने, कमा शहर से लाता है।
कर्मअग्नि के फल को चखने, पुनः श्रम में जुट जाता है।

करे परिश्रम कृषक खेत में, फसल वही उपजाता है।
श्रम से वो है अन्न उगाता, उचित मूल्य कब पाता है?

छल

आपके मुँह पर आपकी–
और मेरे मुँह पर मेरी–
जो कह नहीं पाते हैं।
अक्सर सागर के वो
मोती डुबो दिए जाते हैं।

चाहा, सीखें, लेकिन हुनर
चापलूसी का सीख न पाया।
यही वजह थी हर जगह
खुद को सदा पीछे ही पाया।।

झूठ –छल जब लोगों
की रूह में ही समा जाए।
फिर सत्य कहाँ से,
उनके दिलों में जगह बनाए?

तेरे मुँह पर तेरी, मेरे मुँह पर मेरी,
का काश हम अनुसरण कर पाते।
चाँद –सितारों संग हम भी
आसमान में अपना घर बनाते।

थोड़ी सी हवा से उड़ जाते,
परिंदे झूठ– छल चापलूसी के,
एक दिन कोने में बैठ जाते।
वो कारीगर, कानाफूसी के कहलाते।

बेशक घर हमनें अपना
आसमान पर बनाया नहीं।
संतुष्टि से भरा है मन,

प्रेरणा परमार 'तृष्णा'

वरिष्ठ कवयित्री,
साहित्यकार

मुरैना, मध्यप्रदेश

गलत के आगे सिर झुकाया नहीं।

आपके मुँह पर आपकी और
मेरे मुँह पर मेरी का जो करते जाप।
चौन कभी मिलता नहीं,
रहती हर दम उनके,
दिल पर डर की छाप।

आपके मुँह पर आपकी और
मेरे मुँह पर मेरी कहने वालों की होती
जल्दी ही हार।

कितना भी दबाए कोई, होती
सत्य की शान से जय– जयकार।

रिश्तों की शाम

सब अपने अपने अहम में जी रहे हैं।
इसलिए रिश्तों की शाम ढल रही है

संवेदनाएँ दम तोड़ने लगी हैं,
जिंदगी की साँसें मद्धिम चल रही हैं

भावनाएँ मजबूर हो रही हैं।
रिश्तों की थकान से चूर हो रही हैं

खुशियाँ सब बेनूर हो रही हैं।
अपनेपन की दुनिया चकनाचूर हो रही है

शिद्दतें भी मुरझाए नीड़ सी हो रही हैं।
तें रिश्तों के सफर में तन्हाइयों की भीड़ हो रही हैं

रेखा सुकून की

व्यस्तताओं ने कुछ इस तरह घेरा है–
अपनी ही परछाईं पूछती है अक्सर
तुमने खुद को कब से नहीं देखा है?

प्यार –मोहब्बत नाम इज्जत– शुह्रत,
सबने मेरे दर पर डाला अपना डेरा है
फिर भी कोई बता सके तो मुझे बताए
क्या इस हथेली में सुकून की कोई रेखा है?

गुलशन के हर– एक फूल पर लाली है।
बागवान की फिर क्यों रातें काली हैं ?
कर्म– गति है ये, या भाग्य का लेखा है?

व्यस्तताओं ने कुछ इस तरह घेरा है।
अपनी ही परछाईं पूछती है अक्सर,
तुमने खुद को कब से नहीं देखा है?

अकेली थी, अकेली हूँ

फूलों संग कम बनती हैं मेरी,
काँटों की मैं सदा सहेली हूँ

ज़ख़्मों से अब घबराना क्या,
जलते अंगारों पर मैं खेली हूँ

कहते हैं सब बहुत सुलझी हूँ मैं,
पर खुद के ही लिए पहेली हूँ

खुश रहती है दुनिया मुझसे
दूजे के दर्दों की हमजोली हूँ

सुन सके तो एक बात सच कहूँ,
मैं तेरे साथ भी अकेली थी।
मैं तेरे बाद भी अकेली हूँ

मेहँदी

बी. के. शोभा 'निमित्त'

वरिष्ठ कवयित्री,
साहित्यकार

दिल्ली

हाँ! मेहँदी हूँ मैं।
लो, आज कुछ
अपने जिया की तुमसे
कहती हूँ मैं।
निज –अस्तित्व के तरु से
पहले तो अलग
किया गया मुझे।
चिलचिलाती धूप की
तपिश में सुखाया गया फिर।
कभी सिल पर तो कभी
किसी मिल में पीसा गया।
दम– घोटते लिफाफों में फिर
कैद किया गया मुझे।
न जाने कितनी
पीड़ाओं, वेदनाओं से
गुजरना पड़ा मुझे।
अपने परिवार की
शाखाओं से बिछड़ना पड़ा मुझे।
तोड़ने से कैद करने तक की
उस असहनीय –पीड़ा को
कैसे सहा मैंने ?
ये मैं ही जानती हूँ।
पर भूल जाती हूँ
उस वक्त अपनी हर पीड़ा,
हर वेदना को मैं।
सज जाती हूँ जब,

किसी सुहागन की हथेली पर।
खिल उठती मैं अक्सर,
किसी षोडशी की मुस्कान में।
और, कभी –कभी तो,
नारी से लेकर पुरुष तक के
केशों पर निखर उठती हूँ।
और, गर्व कर उठती हूँ।
अपने अस्तित्व पर मैं।
शुक्र करती हूँ ईश का।
शुक्रिया मेरे ईश्वर !
जो निमित्त बनाया मुझे
हर वर्ग के मानव की
मुस्कान के, खुशी के तूने।
अपनी रंगत को,

उनके मुख की रंगत में फिर
अपने मूल अस्तित्व की रंगत
अनुभव करती हूँ मैं।
क्योंकि दूसरों को खुशी देकर
खुद मिट जाने में ही तो खुशी है।
देना ही वास्तव में नियति है।
दूसरों की खुशी की रंगत में
पुनः अपने अस्तित्व को
पा जाती हूँ मैं।
हाँ! मेहँदी हूँ मैं।

जमीं से एक मुट्ठी ख्वाक लेकर हम उड़ा देंगे

अगर नजरें उठाई जो तो सूली पे चढ़ा देंगे।

वतन मेरा सजन है, ये वतन की लाज मेरी है
न आने आँच हम देंगे, रकीबों को सजा देंगे।

मुहब्बत चीज क्या होती, मुहब्बत किसको कहते हैं ?
फना होकर मुहब्बत में, जमाने को दिखा देंगे।

फिजाओं में महक मेरे वतन की घुल गई ऐसे,
जो पानी संग मिला चंदन कि महका हम जहां देंगे।

कि सारे ही जहां से तो निराला है वतन मेरा
दिवाने हम वतन के प्यार में शोभा दिखा देंगे।

मेरा मान, मेरा अभिमान, मेरा वतन,

भिन्न –भिन्न फूलों से सजा है ये चमन।
बागवां वतन है मेरा, प्रेम से सींचा इसे,
सारे विश्व में प्यारा –प्यारा है यही मेरा वतन।

आँच इस पर आने नहीं देंगे हम कभी, ये जान लो,
दुश्मनों के सर कलम कर देंगे हम ये जान लो।
धूल दुश्मन को चटा देंगे अब लगी बस ये लगन,
सारे विश्व में प्यारा– प्यारा है यही मेरा वतन।

आँधियों से कह दो रुख अपना कहीं वो मोड़ लें,
सरहदों के हम हैं रक्षक, हाँ! कफन भी ओढ़ लें।
हम फना होने से डरते हैं नहीं खाते कसम,
सारे विश्व में प्यारा प्यारा है यही मेरा वतन।

भारती के लाल हैं, दुनिया में हम तो मिसाल हैं,
प्रेम, एकता, भाईचारा ही हमारी ढाल है।
दुश्मनों को प्रेम से होने लगी देखो जलन,
सारे विश्व में प्यारा प्यारा है यही मेरा वतन।

जी चाहता है

सपनों की बारिश में नहाने को,
फिर आज यूँ ही जी चाहता है।

घिर आए जहन पर कल्पना के बादल,
उमड़ आई घटा उमंगों की अठखेलियाँ ले।
मन– मयूर भी देखो लगा मचलने, झूमने,
मन के आँगन में थिरकने को जी चाहता है।
हाँ! मेरा जी चाहता है।

बारिश की छम– छम की पैजनियाँ पहन
इंद्रधनुष की सतरंगी चुनरी ओढ़ कर।
बिजुरिया की गड़गड़ाहट के ताल पर,
बरबस ही कोकिल के मीठे –राग पर
प्रणय –गीत गुनगुनाने को जी चाहता है।
हाँ ! ये जी चाहता है।

बूँदों का वो गुदगुदाता स्पर्श जैसे
पहले– पहले प्यार की मादक छुअन।
लरजते अधरों को भिगोती बारिश की बूँदें,
एक अंजान मौन को आमंत्रण देतीं सी।
खुद को खुद में सँजो लेने को जी चाहता है।
हाँ ! जाने क्यूँ ये जी चाहता है।

स्मृति– पटल के नभ पर उभरता सा इक अक्स,
है मेरी कोई कोरी कल्पना, या है कोई शख्स।
कल्पना के मोती हकीकत की माला में
पिरोने को, लो आज फिर ये जी चाहता है।
हाँ ! फिर से ये जी चाहता है।

मदहोश सी पलकें ये अलसाई सी मेरी,
टूट न जाए ख्वाब, ये ख्वाईश है मेरी।
अपनी कल्पना के हँसीं –सपने के संग,
फिर से बारिश में भीगने को जी चाहता है।
हाँ आज फिर से........ जी चाहता है।

★ ★ ★

शहरों से अच्छे अपने गांव

डॉ. मीनाक्षी सुकुमारन
'मृदु'
वरिष्ठ कवयित्री,
लेखिका
नॉएडा, उत्तरप्रदेश

शहरों से अच्छे, अपने गाँव।
जहाँ आज भी प्यार और रिश्ते जिंदा हैं।
लोग एक दूसरे की खुशी में हाथ बँटाते हैं।
और दुःख में ही साथ खड़े रहते हैं।
शहरों जैसे नहीं साथ या
सामने वाले घर का पता नहीं होता।
तो दुःख– सुख साथ की तो बात ही क्या?
गाँव भी आज भी, पूरा गाँव साथ खड़ा हो जाता है।
वहाँ आज भी सादगी, अपनापन बसता है,
जो शहरों की चकाचौंध में लुप्त हो चुकी है।
धोती, कुर्ता, पाजामा, घाघरा– चोली,
सूट अभी भी सादे लिबास हैं उनके
दाल –रोटी– सब्जी, सादा खाना
खेतों की खुली हवा
खुले –खुले आँगन।
शहरों जैसे डिब्बों जैसे घर,
ऊंची –ऊंची इमारतों में कैद,
पिज्जा, बर्गर, मोमोज, नूडल्स
न जाने क्या क्या होता खाने में।
पहनावा तो पूछो ही नहीं जी।
और ताजगी के नाम पर सिर्फ प्रदूषण।
तभी तो सौ बात की एक बात
शहरों से अच्छे अपने गाँव
हो चाहे बात रिश्तों की या जिन्दगी की।।

आया सावन झूम के

कैसा आया सावन झूम के?
इस बार, न कोई उल्लास
न कोई तरंग, न कोई उमंग।
बस बेरंग सा, डरा–सहमा सा
तन और मन।
कैद, घर के आँगन में
न पेड़ों पर झूले
न हथेली पर मेहंदी
न, लाल हरी– चूड़ियों की छन छन।
न होठों पर, मंगलगीत
न मिठास, पकवानों की
न चटकार, चाट –पकौड़ों की
कैसा आया सावन झूम के?
न सुहाए रिमझिम– रिमझिम
छम –छम, टिप –टिप बूंदे।
न भाये, शीतल बहती हवा
न लहलहाते, हरे– हरे पेड़ पौधे
न खिले– खिले, रंग –बिरंगे फूल
बस डराती है– कौंधती बिजलियाँ
और गहरे काले– काले बादल
कैसा सावन आया झूम के?
जब है छाया सन्नाटा उदासियों का,
हर गाँव, हर शहर, हर नगर
घेरा ऐसा कोरोना ने, हर प्रांत को
हो गया जीवन बेरंग, बेमन

न कोई चहक, न कोई महक
बस खामोश– सहमी– निगाहें।
ताकतीं इस का कहर।
कैसा आया सावन झूम के?
इस बार जब सब सूना– सूना
क्या दिल क्या एहसास क्या जिन्दगी
बस दूर– दूर तक फैली तन्हाई और
उदासी की परछाईयाँ....।।

वो सड़क का मोड़

वो सड़क का मोड़
आज भी उदास, तन्हा।
शांत, बेबस है, मन के जैसे।
जहां से तुम गये थे होकर
जुदा हम से।
न रही कोई, चहक,
न रही कोई, महक,
न रहा कोई, सवाल,
न रहा कोई, जवाब,
बस बिखरी रहती है,
बेनाम सी उदासी,
इस सड़क के सन्नाटे जैसी।
एक –टक अक्सर देखती रहती हूँ।
सड़क के उस मोड़ को।
जहाँ से हाथ हिलाते हुए,
अपने आँसूओं को छिपाते।
टैक्सी में बैठ, भारी मन से
दे दिलासा हमें चले गये थे।
नयी जगह, नया शहर, नया काम,
और पीछे रह गयी थी,
अनकही– पीड़ा, थमे आँसू।
पथराए से लब और
खामोश –आँखें, ढूँढती रहती हैं।
तुम्हें ही, होकर मायूस
घर के हर कोने में।

पर गुजरे लम्हे से तुम
कहीं नहीं मिलते पूरे घर में।
होकर हताश, दौड़ कर फिर
एक –टक ताकने लगती हूँ।
वो सड़क का मोड़।
जहाँ वो लम्हा आज भी थमा है।
हमारी थमी सी जिन्दगी के जैसे।।

तुम मिलना मुझे

जीवन की है डगर, बड़ी संकरी।
घिरी दुःख –सुख की
धूप– छाँव से।
जब– जब लगे छूटने हौंसला।
जब– जब लगे बिखरने मन,
जब– जब लगे हारने तन,
तुम मिलना मुझे थामने को।
बन हमकदम मेरे।।
जब जीवन लगे सूना– सूना,
पतझड़ सा रूखा– रूखा।
तुम मिलना मुझे बन प्यार
की बरसात।।
जब सूझे न कोई राह,
सब कुछ लगे उलझा सा।
तुम मिलना बन मीत मेरे
दे साथ अपना।।
जब लगे भटक रहे कदम,
हो रहा कुछ गलत,
तुम मिलना मुझे बन गुरु,
मेरे दिखाते राह सही।।
जीवन के हर मोड़ पर,
जीवन के हर पड़ाव पर,
जीवन के हर मौसम में,
जीवन के हर दुःख –सुख
जीवन के हर पल

तुम मिलना मुझे
बन मीत, हमदम, हमसफर
साजन, गुरु, अभिभावक।
यूँ तुम मिलना मुझे,
हर रूप में रह साथ मेरे सदा।

मनुहार

तुलसी बन तू गर, मेरी माँ के, आंगन में आ जाये
मैं पुरवइया बनूँ, छू लूँ तेरे पत्र–जुल्फ
तू लहरा के जरा झुक जाये,
मेरी माँ के आंगन में आ जाये।
सूरज की लाली, साँझ को जब,
गगन से उतरे
मैं प्रेम का दीप जलाऊँ
चाँद हौले से ऊपर आए
सितारों से सजा गगन मुस्कुराए
हलकी सी फिर हवा चले
और तेरा बदन छू जाए,
तू मेरी माँ के आँगन में आ जाए।
झिलमिल –चांदनी का सेहरा होझिहो
टिमटिमाते जुगनू का पहरा हो
बाँह डाल पर तेरी, मैं चंदन धरूँ
और तू शरमा के सिमट जाए,।
मेरी माँ के आँगन में आ जाए।
मैं बैठूँ, तेरा वंदन करूँ
सारंगी सी साँसें, तेरी सिहरें
मैं घटा बन जाऊँ, तुझपे बरसूँ
और तेरी कृपा मुझपे बरस जाए।
तू मेरी माँ के आँगन में आ जाए
मेरे आँगन में आ जाए।

रिम्मी वर्मा

वरिष्ठ कवयित्री,
साहित्यकार

रांची

बंधन

बॉल्कनी में सींखचों के पीछे से,
मैं निहारा करती हूँ अधबनी उस
इमारत को,
अहाते में पींगें मारती है इक नन्हीं
लड़की गाती रहती है,
कुछ अस्पष्ट सा, अलौकिक, मेरे कानों
को लगती है, कुछ पहचानी सी।
विचार कौंध जाता है मन में
प्रत्याशित,
भवन गुलजार होगा, जोड़ों से, पूरा
होकर, बालकॉनी सींखचों के बन जाने
पर,
एक साँस क्या फिर बंदिनी होगी, इन
पर !
कैद पाती हूँ स्वयं को कमरों में स्वेच्छा
से,
कभी आई थी महावर लगे पैरों पर
पाजेब सजी थी,
करधनी कमर में और कंठहार, बिछुए
सब दबाते थे।
सोचा था एक घर का बंधन छूट गया,
किन्तु, भ्रम था यह, हाँ
मुक्त थी, मैं बँधे जीवन में।
पल–पल का हिसाब कैसे देती !
पूछे जाने पर कैसे बताती,
उन पलों की जली, छाले धो लेती हूँ

तुम्हारे जाने के बाद रो लेती हूँ।
बिखरे घर सँवारती हूँ, पायदानों से
किरचें उठाती हूँ अरमानों की।
रौंद कर जिन्हें बाहर गए थे तुम
लॉकडाऊन में।
दो महीने क्या,
मैं तो दशकों से लॉकडाउन में रहती
हूँ।
निःशब्द किन्तु निर्विचार नहीं,
गुणा भाग, वाद– विवाद कर लेती हूँ
स्वयं से जिरह भी करती हूँ,
कठघरे घेर लेती हूँ।
वहाँ स्वतंत्रता थी, बाहर जा विद्या
अर्जन की, सखियों के संग,
हँसने पर पाबन्दी नहीं थी
घंटों और मिनटों पर राजनीति नहीं
होती थी, न प्रतिवाद,
खोखली हास की पोटली थामे,
पीर की पींग पर अग्रसर, मैं मुक्ति राग
गाती थी।
कोमल मन कठोर हो गया,
दुल्हन आई शोर हो गया,
मैं सजी विहंग बन नभ छूने को,
धरा पर आई थी, कट गया था
पर उसी क्षण, मेरी साँसे भी अब पराई
थीं।।

नारी या काली

खिड़की खुली थी, मंद– झोंके हवा के
इतरा रहे थे, ताश के पत्ते जिनसे घरौंदा था बनाया मैंने
भरभराकर गिर रहे थे।
अनुभव की कमी थी, कल्लोल कल्पनाओं में जी रही थी,
ताश के घर तो हाथ का कमाल होते हैं,
मैं कोई स्थापित जादूगर नहीं थी।
कठपुतली ईश्वर के हाथों की,
व्यर्थ बानगी ढो रही थी, देवी होने की।
दम्भ, मिथ्या पूजे जाने की,
लोलुप राक्षसों ने तोड़ दिया,
ये हाड़– माँस सिर्फ 'स्त्री' है
रूप नहीं, यौवन नहीं, न हीं साँसें, कुछ भी तो नहीं
धधकती ज्वाला में शेष हुआ।
अंगार बना या राख हुआ? प्रश्न एक अवशेष हुआ।
बहती हवा थम गई, सरसराती पत्तियां मौन हुई, पथिकसाथी चांद भी छुप गया,
अब कौन मतवाला आएगा?
विधना को समझाएगा, मैं नहीं माँ, बेटी, बहन, सखी, बल्कि हूं एक खिलौना
घूमना – फिरना मेरा अधिकार नहीं!
मेरा यदि वजूद नहीं क्या तुम रह पाओगे?
कोख में मेरे हीं पलते हो, धिक् इसे दूषित करते हो!
क्षुधा तुम्हारा मिटती नहीं, व्यथा मेरी अतुलित, कथा अंतहीन
महिषासुर हो, बाणासुर हो या चण्ड–मुण्ड!
जब नारी घर बनाना छोड़ समर में आएगी, असुरों को उनकी औकात तभी समझ आएगी
तभी समझा पाएगी।।

आर्तनाद

अंतर्मन का द्वंद्व
प्रताड़ना और उसकी विभीषिका,
नित जीवन, ज्वलंत परिभाषानित
संवेदनाओं से परे, वेदना की बेदी पर घटितसंवेदनाओं
प्राकट्य एक संरचना का।
हां, स्त्री हूँ मैं,
खाका खींचा है मैंने, अपने चरित्र का,
मेरे कैनवस पर बिल्कुल फिट !
मेरा मस्तिष्क दृढ़ है, जानती हूँ क्या कर रही हूँ
संतृप्त हूँ।
मैंने अपनी बाहें फैला दी है, आगोश खुली रखी है।
'एक' धरती प्रस्फुटित होती है न,
सभी उसे निरखते है, आनंदित होते है, व्याख्या करते है, अपने शब्दों में।
वही धरती आश्रय देती है उन्हें।
अंक का विस्तार कर समेट लेती है।
पूर्ण कर देती है।
तो, मैं भी तो धरती पुत्री हूँ
आराध्या हूँ। अवतार नहीं।
विक्षेपण सह लेती हूँ, नहीं डरती, आक्षेपण से।
अंतहीन यात्रा है यह,
विरोध को आयुध बनाना और विरोधी को जीत लेना, सम्मोहन है जीवन का।
अपार इस अंतराल में छूटते देखा भ्रमजाल– स्नेही, मित्र, परिवार, क्या भय है उन्हें!
या लोक लज्जा !
नहीं, मात्र आत्म श्लाघा, व्यर्थ आत्म श्लाघा!

मेरी कविता की प्रेरणा बन कर,

रूपाली अटवाल सिंह
'सरगम'

गायिका, लेखिका

पंजाब

उन्हें और निखार दिया तुमने।
मैं कविता लिखते –लिखते,
एक सफर पर चल पड़ी।
तुम कई बार राह में मिले,
कभी एहसास बनकर,
कभी अल्फाज बन कर।
शब्द जुड़ते रहे और
कहानी बनने लगी।
बातों ही बातों में,
रातें गुजरने लगीं।
कविताएँ मुझे दिशाएँ देने लगीं।
दिवानगी की हद से गुजरने लगीं।
लोग कहते हैं–
आजकल यह कवयित्री,
प्रेमिका बन गई है।

चल एक बार फिर बिछड़ कर देख

तुझे मेरे मिलने की आस न थी।
मगर मेरे जर्रे–जर्रे को तेरी तलाश थी।
पलक झपकने पर, भरती आह।
मेरे दिल की सौ– सौ धड़कनें,
गुप्तगू तुझसे करती ख्यालों में थी।
मीलों दूर तेरा गुनगुनाना,
और मेरे कानों में सुरों का सजना।
कमबख्त मिले हो जबसे,
तपड़पना –मचलना सब बंद है।
दुआओं में, मस्जिदों में बैठना बंद है।
अब नहीं निकलता दिल से,
आह वाला सेंक।
चल एक बार फिर बिछड़ कर देख।

अब जाना दूर तो, वादे भी लेते जाना।
और मेरे हाथों से बुना हुआ एक सराहना।
तू भी दे देना मुझे उधार कुछ सामान अपना।
मुकर्रर कर देना मुलाकात का एक बहाना।
महसूस करना मेरी ऊँगलियों की छुअन।
जब तुरपाई ने हर सिलाई से इश्क किया था।
रख लेना कभी सर के नीचे,
कभी बाँहों में भर लेना।
मैं भी सँभाल लूँगी तेरी याद का सामान।
उन लम्हों की आग ....और सुकून सा आराम।
सारी खुदाई एक तरफ, महबूब तरफ एक।
चल एक बार फिर बिछड़ कर देख।
चल एक बार फिर बिछड़ कर देख।

गुजरती रही जिंदगी, तुझे प्यार करते -करते।

जी रही थी दिल पर ऐतबार करते –करते।

तू फिर से काश मेरी पनाहों में आए।
इस ख्वाब की ताबीर का इंतजार करते– करते।

तुझे देखा भी नहीं जब से ओझल तू हुआ था।
फिर भी बीती हर शय तेरा दीदार करते –करते।

मैं मर जाती जो तेरा प्यार न दिल में रखती।
मैं जीती रही खुद में तुझे आबाद करते–करते।

तोड़ दी हैं बेशक घुटन भरी सब जंजीरे।
टूटा बहुत कुछ अंदर, इन्हें आजाद करते –करते।

मुझे मेरे प्यार पर खुदा सा था भरोसा
बस वक्त लगा फिर से आगाज करते–करते।

रोका तो बहुत कि इश्क की आग में न कूदूँ।
लगाई छलांग 'सरगम' ने इन्कार करते –करते।

रोज कहते हैं, इश्क है मुझसे,

मुझे यकीन मगर हुआ तो नहीं।

याद आती रहूँ मैं हर लम्हा,
हाल ऐसा तेरा हुआ तो नहीं।

मेरी हर शब में हो, हर शय में हो,
बिन तेरे साँस भी लिया तो नहीं।

तेरी इस कैद से हो जाऊँ रिहा।
मैंने ये इल्म भी किया तो नहीं।

तूने जब भी कहा अपना उनको,
नाम उनमें मेरा लिया तो नहीं।

मिट पाऊँ तेरी लकीरों से,
तुझे ऐसा भरम हुआ तो नहीं।

तेरे इंतजार में दुखी हूँ बहुत,
सब्र मेरा मगर टूटा तो नहीं।

एक दिल ही तो है दिया मुझको,
कोई दौलत मुझे दिया तो नहीं।

एक अरसा हुआ नशा था किया।
बाद सालों के भी गया तो नहीं।

रुख हवा का मोड़ दे जो,
परवाज ऐसा चाहिए

वंदना यादव 'ग़ज़ल'

नावांकुर साहित्यकार

वाराणसी, उत्तरप्रदेश

रुख हवा का मोड़ दे जो, परवाज ऐसा चाहिए।
दिल तक पहुँचे 'ग़ज़ल' अल्फाज ऐसा चाहिए।

कुछ खुले कुछ दबे अरमाँ, कातिल इसां के।
शब्द खंजर भी शहद हो जाय, राज ऐसा चाहिए।

मंद–मंद मुस्काये राह–ए–मंजिल की सदायें भी,
राह ठोकरों को नाज हो जांबाज ऐसा चाहिए।

जीत ले हर बाजी हौसले के उड़ान से जो।
फक्र करें अंजाम जिस पे आगाज ऐसा चाहिए।

अहसास के तरन्नुम मेरे गीतों के साज हो।
रूह तक पहुँचे तड़प, बस अंदाज ऐसा चाहिए।

जिंदगी एक किताब है

जिंदगी एक किताब है।
पृष्ठ इसके दिवस समान।
लिखते इस पर भाग्य हम।
हँसते–रोते, पल– छिन गान।

गुलाब –सा महके जीवन।
चाहत यही अँगड़ाई ले।
कष्ट काँटों सम हैं होते।
समय–समय पर दिखाई दे।

सुख– अभिलाषा ही केवल।
जीवन– पन्नों को छूती है।
गम के जब बदला आये।
सिसक–सिसक के रोती है।

कुछ अधखिली ख्वाहिशें भी।
इन्हीं किताबों में बंद रहती।
मोह –पाश के कितने किस्से,
अनछुए एहसास हैं कहती।

जीवन अपना दोषमुक्त हो।
भीनी–भीनी खुशबू कहती है।
काँटों संग निबाह करो तुम।
फूलों – सी मुस्कान है रहती।

जीवन कोरा– कागज न छोड़ो।
रचित करो तुम इतिहास कोई।
फूलों संग काँटे भी होते हैं।
टूटे ना आस – विश्वास कोई।

प्रेरणा

आज नहीं तो कल निकलेगा,
हर मुश्किल का हल निकलेगा।

निश्छल मन नहीं रहा किसी का,
गौर से देखो सब में छल निकलेगा।

धूम मची है यूँ खोखले– रिश्तों की,
तन्हाई में हर दिल का अब दम निकलेगा।

दर्द की सिलवटें हमें कुरेद रहीं,
जाने कैसा आने वाला, पल निकलेगा?

थक चुके हैं जो भी बेमंजिल दौड़ से,
विजय पताका उनका भी चल निकलेगा।

खुदा किसी को भी जुदाई न दे

इश्क की कैद से कभी रिहाई न दे।

तड़पता है बहुत, टूटा हुआ दिल यारों!
खुदा दो दिलों के बीच बेवफाई न दे।

दर्द भी नशा करता है इस मर्ज में।
लाइलाज है ये हकीम दवाई न दे।

आँखों में ही गुजर जाती हैं रातें कई
अंजान सपनों को हसरत की बुनाई न दे।

आग का दरिया है समन्दर–ए–अश्क में।
मौत दे देना मौला पर जग हँसाई न दे।

सिद्धि के लिए

वेदस्मृति गौर 'कृति'
वरिष्ठ कवयित्री,
लेखिका
पुणे, महाराष्ट्र

इक साहित्यिक समूह है
सिद्धि बेटी उसकी रूह है।
हर कोई उसका मुरीद है
वो कला क्षेत्र की उम्मीद है।
पच्चीस जून, जन्मदिवस
परी ये उतरी जब भूमि पर।
प्रतिभाओं की खान है सिद्धि
ग्वालियर की तो शान है सिद्धि।
सुन्दर, सुशील बहुत कुशल
जरा सी नटखट चंचल, सरल।
लाती मेडल रोज जीतकरलाती जीतकर
साथ सबके रहे वो प्रीत कर।
परचम बुलन्द सदा रखो
सफलताओं के नभ को छुओ।
आगे यूँ ही तुम बढ़ो सदा
है यही बस तुम्हें मेरी दुआ।

योग का महत्व

चंचल मन के सब रोग हरें
आओ मिल कर हम योग करें।
राग, कलुषता आने न पाये
शुचिता मन से जाने न पाये
मलकर हम योग करें।
वायु प्रदूषित, जल भी प्रदूषित,
धरती का कण–कण है प्रदूषित,
दूषित – वातायन की वजह से
मन भी भीतर से है प्रदूषित।
सद्भावों से संयोग करें
आओ मिलकर हम योग करें।
योग– प्रथा अपनाएँ पुनः सब
जीवन सुखमय अपना बने तब
योग हमारी प्राचीन थाती
मन से भी बलशाली बनें अब
जीवन का सद् – उपयोग करें
आओ मिलकर हम योग करें।

रक्षक (गीत)

मेरे देश के रक्षक .....
मेरे देश के रक्षक
सीमा पर डट करसीमा कर
वार प्रचंड करते हैं।
कितना भी प्रबल शत्रु
हो चाहे सब का
चूर, घमंड करते हैं।
मेरे देश के रक्षक .....
मेरे देश के रक्षक
अतुलित – बलशाली
खौफ शत्रु में भरते हैं।
ललकार, गर्जना
सुन कर इनकी सब,
दुश्मन मन में डरते हैं।
मेरे देश के रक्षक ......
मेरे देश के रक्षक
सीना ताने जब
सिंह समान चलते हैं।
भारत के सपूत के
आगे फिर दुश्मन –
भी सजदे में झुकते हैं।
मेरे देश के रक्षक .....

विचार प्रवाह

ये भी है एक प्रथा।
कि लोग बहुत कुछ करते हैं एकतरफा।
एकतरफा प्यार से परिचित हैं सभी।
किन्तु एकतरफा शत्रुता के
बारे में सोचा है कभी।
द्वेष और ईर्ष्या की प्रिय पुत्री है एकतरफा शत्रुता
इसका पोषण है नकारात्मक मानसिकता
जैसे एकतरफा प्यार का नहीं होता प्रेमी को पता
उसी तरह मित्रता के आवरण में पलती है ये शत्रुता
जब दूसरों की उन्नति प्रशंसा चुभने लगे–
उसका सम्मान अगर खलने लगे
समझो! सावधान होने का वक्त है
मस्तिष्क करता बेमतलब के कुतर्क
इस बीज का रोपण न होने देना कभी
इस विकार को पोषित न होने देना कभी
ये विचारधारा इंसानियत से गिरा देगी हमें
पता भी न चलेगा कब हैवानियत सिखा देगी हमें।

हे नारी शक्ति! तुझे है नमन।

शशि कान्त 'अनमोल'

नारी प्रधान लेखक

मथुरा, उत्तरप्रदेश

सुखधाम धरा की बेटी सीता बनकर आई।
तुम्हीं श्रीकृष्ण के मुख पर गीता बनकर आई।
तुझे पढ़ते रहें हम और करते स्मरण
हे नारी शक्ति! तुझे है नमन।

सुख– समृद्धि का त्याग, मीरा ने ही सिखलाया है
सबको स्नेह का राग, राधा ने ही बतलाया है
बाली उमरिया में कर दिया समर्पण।
हे नारी शक्ति! तुझे है नमन।

झांसी की रानी ने भी इतिहास नया गढ़ डाला था
इक पन्ना धाय ने भी उदय सिंह को पाला था
माँ की आँखों के सामने मारा गया चंदनमाँ चंदन
हे नारी शक्ति ! तुझे है नमन

आओ! आधुनिकता को सबके सामने लाते हैं
हम सबकी माँ–बहनों को मिलकर शीश झुकाते हैं।
इनके चरणों में सुख– सम्पदा का आवरण
हे नारी शक्ति! तुझे है नमन।

कोई समझे या ना समझे, खामोशी में कह जाती हैं।
अपनी संतान की खातिर, दुख– दर्द भी सह जाती हैं।
आदर सत्कार करो, चाहे माँ हो या बहन।
हे नारी शक्ति! तुझे है नमन।

बेटी है तो कल है

ममता की परछाई है
वही स्नेह का बल है।
शायद लोग भूल चुके है
बेटी है तो कल है।

नन्हीं –कली बनकर के बिटिया
घर –घर को महकाती है,
खुद पर वो विश्वास करे
कष्ट सदा सह जाती है।

वो नभ की ऊँचाई है,
और पृथ्वी का तल है।
शायद लोग भूल चुके हैं,
बेटी है तो कल है।

माँ सीता का रूप कहे,
समझौते कर लेती है।
माँ काली का रूप कहे,
सब बाधा हर लेती है।

स्नेह का भण्डार कहीं
गंगा का निर्मल जल है।
शायद लोग भूल चुके हैं,
बेटी है तो कल है।

नील –गगन की ऊँचाई पर
पंछी बन उड़ जाती है।
कभी भ्रमित होती नहीं

हर रिश्ते में जुड़ जाती है।

इस सुखधाम पर,
फिर कैसी हलचल है?
शायद लोग भूल चुके है
बेटी है तो कल है।
ममता की परछाई है,
वही स्नेह का बल है।
शायद लोग भूल चुके हैं
बेटी है तो कल है।

तुम जीवन का आधार सखी।

तुम ही हो मेरा प्यार सखी।

तुम से उम्मीद, विश्वास मेरा,
तुम संक्षिप्त नहीं विस्तार सखी।
तुम में सिमटे हुए सुख– दुख मेरे,
तुम खुशियों का त्यौहार सखी।

तुम जीवन की उपलब्धि हो,
तुम से जुड़ी जीत–हार सखी।
तुम हो स्नेह की परिभाषा,
तुम हो स्वप्न साकार सखी।

तुमसे मिलना मेरा भाग्य सखी,
तुम हो जीवन का सौभाग्य सखी।
तुम खुशियों की बहती धारा हो,
तुमसे सीखा सब सत्कार सखी।

तुम ही माथे का चंदन हो,
तुम स्नेह राग का बंधन हो।
तुम जीने की जिज्ञासा हो,
तुम सद्भाव पूर्ण समर्पण हो,
तुम माँ जैसा लाड़ दुलार सखी।

तुम जीवन का आधार सखी
तुम ही हो मेरा प्यार सखी।

खूबसूरती की परिभाषा

एक शब्द बयान करें।
नाम धरें उसका, 'लड़की'।
अनन्त –गुणों का गान करें।
खिलती –महकती बगिया में,
हँसती वहाँ बस प्यार पले।
तंज, कटुता से कोमल –मन,
रंग– हीन मुरझा जाता।
प्यारे –बोल, मन में मिठास घोल,
सारा रोष मिटा जाता।
दौड़ करे सब कार्य स्फूर्तियुक्त,
वहीं सदा उसको भाता।
क्यूँ करें दूषित मन–तन
उसके हृदय को तंग– भंग।
पाप –घड़ा तब भर जाता।
लज्जा– सज्जा से है सुशोभित,
सुन, सम्मानित हर लड़की।
सुंदरता की परिभाषा का,
नहीं, कभी अपमान करें।

शालिनी जेटली
नवांकुर साहित्यकार
गुरुग्राम, हरियाणा

हठी सी, वो डटी हुई है।

तानों से वो घटी हुई है।
हुँकारती, फुँकारती,
सच राह को ही तारती।
छलनी–छलनी तानों से वो,
जगह –जगह से कटी हुई है।
सही– गलत के पशोपेश में,
अपनों में ही बँटी हुई है।
मन कोमल, शीतल काया।
नयन– सजल से छँटी हुई है।
नहीं हारती, वो मुस्काती,
द्वेष –ईर्षया के सागर में,
स्नेह– बरखा बनी हुई है।
नहीं रुकेगी, नहीं झुकेगी
हठी सी, वो डटी हुई है।

मेरी हिंदी, प्यारी हिन्दी।

मुझको तुम पर नाज है।
गर्व करें हम भारतवासी।
सुंदर– सुसज्जित सबकी लाज है।
सातवीं शताब्दी से निकलता,
धारा– प्रवाह इतिहास है।
प्रणाली पायी, देवनागरी से,
रूप, वैदिक –संस्कृत से है।
हिंद–यूरोपीय परिवार की,
अनुज–अनूठी संतान है।
कबीर, रहीम, रैदास ने,
लिखे इसमें दोहे हैं।
फिर क्यों देश की रानी
राष्ट्र –भाषा रोये है।
सुनो हिंदुस्तान के बच्चों!
किस बात की शर्म होये है।
देश के हर वासी को
अब समझ ये जाना है।
हिन्दी से हमारी संस्कृति,
कीर्ति इसकी बढ़ाना है।
विदेशी मृगतृष्णा से निकल
सुन हिन्दी को अपनाना है।

समझ प्रेम की है मुझको,

यह सोचा हर बार।
तुमको पाकर जाना है,
क्या होता है, असीमित प्यार।
निश्छल– प्यार और शुभकामनाएँ,
देतीं तुम बारम्बार।
प्यार का न कोई रंग –रूप,
नहीं इसकी कोई जात।
घुलीं हुई तुम यूँ मुझमें।
जैसे मिलें हम, तुम में।
प्रेम, पवित्र– पावन सबमें,
स्नेहिल– खुबसूरत –एहसास।
मन से मन जब जुड़ गया,
क्या अंतर दूर हो या पास।
बिन बोले जो मन की जाने प्रिय,
प्रेम से ऐसे बँध गए तार।
तुमसे जब से प्रीत लगी,
दिन– रात तुम्हारी राह तकी।
सुन एक आहट भी तुम्हारी से,
भीगे ये मन, बिन बरसात।
मन हुआ हर्षित ऐसे,
जैसे ईश्वर ने मिलाया हमें साथ।

बेटा

डॉ. स्वदेश मल्होत्रा
'रश्मि'

वरिष्ठ कवि, लेखक
फैजाबाद, अयोध्या

दिल के सब अरमान लुटाए,
बेटे पर
रहे उम्र भर आस लगाए,
बेटे पर
जीवन के अनमोल –वर्ष
लगा दिए
जिसे पढ़ाने में
कुछ बनाने में,
वही जब बन गया अफसर
ऊँची आवाज में
बोल देता अक्सर
टोका मत करो,
रोका मत करो,
मैं अब बच्चा नहीं रहा।

लेता है अब
वह खुद फैसला
बढ़ा लिए फासले
छीन कर बूढ़ी आँखों की रोशनी,
गया दूर देश –
बदला परिवेश
पर फिर भीपर भी
करते हैं माता–पिता
नाज बेटे पर।

तन्हा बैठी
कभी–कभी,

सोचती हूँ
कैसे लोग थे वह
जो कहा करते थे
बेटे होते हैंबेटे हैं
बुढ़ापे की लाठी।
ऐसा है तो...
क्यों खुले ?
वृद्धाश्रम।

गीत

भूखों के भी मुँह का निवाला, छीन रहा है आज अमीर।
दूर आदमी मानवता से, कैसे बदलेगी तस्वीर।।

बिना तपे न शुद्ध हो सोना, श्रम के बिना न प्राणी ये,
जल के बिना मेघ नहीं सोहे, विनय बिना नहि वाणी ये।
जितना बड़ा लक्ष्य हो उतनी बड़ी करो पहले तदबीर।।

उठो स्वार्थ से ऊपर बन्दे, देश–धर्म अब याद करो,
मिला एक जीवन अमोल, न इसको तुम बरबाद करो।
सर्व –धर्म समभाव बढ़ाओ, हर लो जन मानस की पीर।।

यह सच्चाई मत भूलो, है यह तन माटी का पुतला,
पर उपकारी बन कर अपने मन से प्रेम का दीप जला।
इसे छोड़कर जाना होगा, दुनिया ना तेरी जागीर।।

आवाहन

सीख ले.. जूडो और कराटे,
मेरी ....बिटिया रानी तू।
शत्रु –नाश कर बन झांसी की
रानी –सी......... मर्दानी तू।।
सुंदरता का ....मापदंड,
ये फैशन ..कभी नहीं होता।
श्रेष्ठ आचरण करने वालों,
का ही मुख दीपित होता।
निज अतीत का गौरव पढ़ के,
बन जा.....आदि भवानी तू।।

ब्यूटी–ब्यूटी के चक्कर में,
भूली...तू अपनी ताकत।
तू गुंडों को धूल। चटा दे,
तुझमें है इतनी हिम्मत।
दुर्गा–काली की बेटी बन,
दोहरा .....वही कहानी तू।।

गौरव की रक्षा कर फिर से
वीर शिवा की माता बन।
राष्ट्र–धर्म, विज्ञान सिखा दे,
चामुंडा की ध्याता बन।
केश बांध लें, आँचल कस ले,
पिला शत्रु को.....पानी तू।।

भौतिकता के आडम्बर में,
खो मत जाना...री लाड़ो।
मायावी .....चौबारे पे चढ़,

सो मत जाना....री लाड़ो।
अवतारों को जनने वाली,
बन नारी......रूहानी तू।।

बिका हुआ कानून भला क्या,
न्याय तुझे.....दिलवाएगा।
सन्देहों के मकड़जाल बुन,
नींव तेरी.........खुदवायेगा।
तीव्र –धार की प्रबल शक्ति बन
कर दे शुरू....... रवानी तू।।

आत्म–सुरक्षा का वो रस्ता,
अब तुझको.....अपनाना है।
हर अत्याचारी .... भँवरे को,
'रश्मि' सबक...सिखलाना है।
साथ कलम के सीख ले बेटी,
अब बंदूक.......चलानी तू।।

ग़ज़ल

अमावस की वो शब काली, मुझे जब याद आती है।
तुम्हारे साथ गुजरी हर घड़ी, मुझको रुलाती है।।

कहाँ से ढूँढ कर लाऊँ, मुझे कुछ तो पता दे दो।
तुम्हारी याद आकर के, मुझे अक्सर सताती है।।

जेह्न में बस गयी माजी, कि जो तस्वीर आँखों में।
बचाती हूँ बहुत पर अश्क से वह भीग जाती है।।

कफस में कैद होकर रह, गयी है जिंदगी अपनी।
दुआएँ काम करती हैं न मेहनत रंग लाती है।।

खिजाओं से गिला ना अब, बहारों से कोई शिकवा।
ये बढ़ती उम्र मुझको नित, नया नगमा सिखाती है।।

नवाजिश हो तो ऐ मालिक, मेरा गुलशन भी खिल जाए।
निहारे राह तेरी हर कली तुझको बुलाती है।।

करूँ किस पर यकीं अब मैं, यही बस फिक्र रहती है।
मिला धोखा उसी से 'रश्मि' जिस पर जाँ लुटाती है।

प्रेम पथिक

डगर – डगर संघर्षरत मन,
रहा भटकता, पाने अपनापन।
उम्रभर निरन्तर करता रहा लड़कपन,
प्रेम–पथिक बन, बिताया बचपन।।

चंचल –चितवन का अल्हड़पन,
ढूँढने निकला मन– रंजन।
अचंभित हुआ देख तिरस्कृत बहुजन,
भटक रहे असंख्य प्रेम–पथिक, बन।।

प्रेम– पथिक बन, बीता बसंत और बचपन,
पर नहीं बना हृदय किसी का स्नेहभाजन।
प्रेमपथ पर एकतरफा उम्मीदवार बन,
रहा आकांक्षी हरवक्त सशक्त– मन।।

बसंत के बाद पतझड़ का हो रहा आगमन,
प्रेम– पथिक मन, व्याकुल हर क्षण।
लगा समझने, अब निज अंतर्मन,
कस्तूरी के आस में किया निरंतर चिंतन।।

पुनः– पुनः अंतर्मन का कर अवलोकन,
गतिमान मन प्रेम– संगम में प्रेम –पथिक बन।
अंतिम –निर्णय ले जब किया समर्पण तन–मन,
भक्तवत्सल प्रभु स्वयं मिले तब प्रेमी बन।।

होगा आत्मा–परमात्मा का मिलन,
टूटेगा हर माया– मोह –बंधन।
तब प्रेम –पथिक बन कर गन्तव्य गमन,
पाएगा मोक्ष छूटेगा तब यह आवागमन।।

स्वाति पांडेय 'भारती'

नावांकुर साहित्यकार

कोलकाता,
पश्चिमी बंगाल

कविताएँ

कविताएँ क्या है?
कविताएँ भावनाओं की धार,
कभी इस पार, कभी उस पार।
छोटी–छोटी शब्दों की बनी नैया,
विचलित– मन ही इसकी खेवैया,

अनुभव ने थामी पतवार,
कविताएँ भावनाओं की धार।
लय और ताल शोर मचाते,
मानों, रिमझिम सावन की फुहार।

मन– मस्तिष्क सब हो जाते तत्पर,
मानों तरंगें उठी हो जोरदार।
कविताएँ भावनाओं की धार,
कभी इस पार, कभी उस पार।

अति शीघ्र उठती भावनाएँ अपार,
कुछ क्षण भी रुक जाओ तो ओझल सार?
न दिन की चिंता, नहीं रात से बेकरार,
कविताएँ भावनाओं की धार।

उठ– बैठ, पकड़ लिए जो इसकी धार,
तभी लेखनी पकड़ती रफ्तार।
वरना भँवर में फँस गये यार!
न इस पार, न उस पार।

दर्द में जीना आ गया है

दर्द को शब्दों में पिरोना आ गया है,
अब अँधेरी रात में चमगादड़ों का साथ भा गया है।
भयंकर से विकरालता की ओर,
मुश्किल से नामुमकिन को अपनाना आ गया है।
आँसुओं से तकियों को भिगोना आ गया है
खोल आँखें अब तो सोना आ गया है।
धड़कनों को सिसकियों से धोना आ गया है,
खामोशियों संग उदासी में खुश रहना आ गया है।

जिंदगी की कड़वाहट को शहद में बदलना आ गया है
इश्क के अहसासों को संयमित करना आ गया है।
प्रीति समेटे हर मधुर यादों को भुलाना आ गया है।
दर्द सारे अब तो सहकर खुशी से जीना आ गया।

रोशनी से अधिक अब तो अंधेरा भा गया है,
अपनापन के बनावटीपन से जी जो भर गया है।
फूलों की कोमलता से अधिक
अब तो काँटों का चुभना भा गया है।

क्रंदन-अभिनंदन

कहीं क्रंदन ! कहीं अभिनंदन !
दूर क्षितिज के सम्मुख।
कई पक्षियों के झुंड,
पंख पसारे कर रहे,
नित्य झूम–झूम,
अपनी चहलकदमियों से,
मचा रहे वे धूम।

मदमस्त मादक हुए
कर रहे हैं प्रकृति का,
हृदय खोल अभिननंदन।
हे दृग ! तू किस ओर गया अटक
अपलक, एकटक चुपचाप,
चित्रकारों की चित्रकारियों में मग्न।

अपने काले–काले परों से,
नीले आसमानों के पटल पर,
कई सुन्दर आकृतियों को देते उभार,
आजादी और स्वच्छंद विचारों का
अपनी खुशियों से देते वे पैगाम।

ना जाने अभी कितने तन,
कैदी बन घरों में, कर रहे दारुण क्रंदन।
प्रकृति की मित्र प्रकृति के बीच,
कर रहे हैं दिल खोल अभिनंदन।
सचमुच कहीं क्रंदन! कहीं अभिनंदन!

नई दुल्हन के सपने

सारिका कुशवाह
'जागृति'

आलोचक, लेखिका

ग्वालियर, मध्यप्रदेश

बीता है इस आंगन में, मेरा प्यारा बचपन।

झूम उठा है इन गलियों में, मेरा यह चंचल –मन।

छोटी–छोटी बातों पर, मेरा यूँ इतराना।

बाबुल का अपनी अल्हड़– सी बिटिया को मनाना।

मेरी हर जीत को करते थे सब पूरा।

कभी ना रहने दिया कोई सपना अधूरा।

गूँजती थी घर हमारे, मेरी तोतली बोली।

भाई –बहनों के साथ की, जो आँख– मिचोली।

माँ सा – भाईजी सा है हमारे घर की बुनियाद।

माँसाँ की शिक्षाएं रहेंगी हमेशा याद

मिले बचपन से ही मुझे दादा–दादी के संस्कार।

नाना–नानी ने भी खूब लुटाया प्यार

माँ की लाड़ली, पापा की दुलारी।

बाबुल से तो जुड़ी हैं, खुशियाँ प्यारी–प्यारी।

चाचा–चाची हैं, मेरे बड़े ही उपकारी।

उन्हीं से तो खिलीं हैं मेरी जिंदगी की क्यारी।

प्यारी भावना दीदी से रिश्ता है मेरा गहरा।

मुश्किल से मुश्किल पलों में दिया उन्होंने साथ मेरा।

बुआ सा–फूफा–सा से मिलता रहा अपनापन।

मामा सां–मॉसी सां से मिलने लालायित होता है यह मन।

भाई के कलाई पर बाँधी जो सुनहरी– डोर।

प्यार– भरा तोहफा लेने हुई जो नोक–झोंक।

भाभी के साथ की जो प्यार भरी बात

हर पल दिया उन्होंने मेरा साथ।

संस्कारों के बीज से किया मुझे अंकुरित।

आशीर्वाद, सद्भावना से होगा मेरा जीवन पुलकित।
बस चंद –लम्हों के बाद हो जाऊँगी मैं पराई।
बीते लम्हों को याद कर आँख हैं भर आई।
इस परिवार के साथ हूँ अब ससुराल की भी शोभा।
चमकाती रहूँगी हमेशा दोनों कुलों की आभा।
आशीर्वाद, प्यार आपका यूँ ही मुझ पर लुटाते रहना
इस अल्हड़ सी बिटिया को कभी मत भूलना।
आपका कोमल– हृदय दुखाया हो कभी
विशाल –हृदय से माफ कर देना आप सभी।
दुख भरे अंतःकरण के साथ लेती हूं आपसे बिदाई।
यादों के झरोखे में रहेंगी रिश्तों की ये गहराई।

खुद को पहचानो

संसार में आया है तो साबित कर,
इस ईश्वर– कृपा की सराहना कर।।

क्यों तू हाथ फैलाता है दुनिया 'में'
जब ईश्वर खड़ा है 'तेरे' आगे।
हर संभव प्रयास कर अपना,
एक महत्व स्थान बना।

संसार में आया है तो साबित कर।
इस ईश्वर –कृपा की सराहना कर।।

मत होने दे अपने आत्मसम्मान को आहत।
मेहनत कर लगा दे, अपनी पूरी ताकत,
बाधाएँ तो आएँगी ही।
जो निराशाजनक होगी,
हौंसला रखकर, बढ़ा योग्यता।

संसार में आया है तो साबित कर।
इस ईश्वर– कृपा की सराहना करे।।
उठा पतवार और चला अपनी कश्ती
पहुँच अपनी मंजिल तक और बना अपनी हस्ती।
जवाबदेह तू ईश्वर का है।
बाहरी दुनिया तो एक मुखौटा है।

संसार में आया है तो साबित कर।
इस ईश्वर– कृपा की सराहना कर।।

एक स्त्री के स्वर

कितनी बाधाएँ आएँ, मैं संकल्पों पर अडिग रहूँगी।
कितना भी तुम रौब दिखा लो, मैं झूठे को झूठ कहूँगी।

रखे बाँधकर मुझको जिसमें, वो लोहे की कड़ी नहीं हूँ
जो झूठा समझौता कर लूँ, अभी मैं उतनी बड़ी नहीं हूँ
मेहनत करके बढ़ती हूँ, सोने– चाँदी में जड़ी नहीं हूँ।
आँख झपकते, रंग बदल ले, वो जादू की छड़ी नहीं हूँ

तुम बहना बाढ़ों के संग, मैं तो धारा के साथ बहूँगी।
कितना भी तुम रौब दिखा लो, मैं झूठे को झूठ कहूँगी।

आँधी में ही उड़ जाऊँगी, मैं इतनी कमजोर नहीं हूँ।
आँख दिखाओ, ड़र जाऊँगी, इतनी भी मैं ढोर नहीं हूँ।
कहती हूँ सब मर्यादा में, कोई उड़ता शोर नहीं हूँ।
हिम्मत से आगे आती हूँ कोई डाकू –चोर नहीं हूँ।

सहना पड़ें यातनाएँ, तो सच्चाई के लिए सहूँगी।
कितना भी तुम रौब दिखा लो, मैं झूठे को झूठ कहूँगी।

हर उलझन सुलझा पाऊँ, मैं इतनी तो बलवान नहीं हूँ।
किन्तु सुलझ जाऊँ मैं सबसे, इतनी भी आसान नहीं हूँ
मेरी उपमाएँ दी जाएँ, ऐसी मैं उपमान नहीं हूँ
गलती मुझसे भी होती है, इंसाँ हूँ, भगवान नहीं हूँ

कोशिश है, विश्वास है मेरा, तूफानों में नहीं ढहूँगी
कितना भी तुम रौब दिखा लो, मैं झूठे को झूठ कहूँगी।

हम शिक्षित हैं, सशक्त हैं

हम शिक्षित हैं, सशक्त हैं,
मजबूर नहीं मजबूत हैं।
हम हैं इस युग की बेटियाँ,
किसे डराती है दुनिया।।

हम वो नहीं रहे जो रूढ़ीवादी बेड़ियों में जकड़े रहें,
स्वाभिमान से निभायेंगे हर परंपराओं को।
हम हैं इस युग की बेटियाँ।
किसे डराती है दुनिया।।

हम वो नहीं रहे जो बस गुड्डे–गुड़ियों से खेलें,
हमें पसंद है मैदान में भी खेलना,
हम हैं इस युग की बेटियाँ।
किसे डराती है दुनिया।।

हम वो नहीं रहे जो चार दीवारी के अंदर झरोखों से,
गलियां देखें, हमें भी देखनी है दुनिया,
हम हैं इस युग की बेटियाँ,
किसे डराती है दुनिया।।

मुसीबतें

सावित्री शर्मा 'सवि'
नावांकुर साहित्यकार
देहरादून, उत्तराखंड

जाने !कैसी मुसीबतों संग रात होती है।
हर रोज, एक नए जख्म से मुलाकात होती है।।

लौट चलने को मजबूर हुआ, वापिस अपने गाँव।
पलायन की सुर्ख –चर्चा, अखबारों में होती है।।

चले कुछ सामान बांध काँधे पे अपने
कही रेल, कही सड़क, पर जिंदगी हैरान होती है।।

पेट की आग, मरोड़े जब आँतों को कभी।
न जाने कितने अपराधों से शांत होती है।

थक गया आसरा, तकते राह कोई तो नजर आए।
सब्र की भी तो कोई आखरि सीमा होती है।।

कड़ी–मेहनत कर हम जो खाते थे रोटी।
देखो उन रोजगारों की शुरुआत कब होती है।।

बहुत थक गया ऐसे जीते हुए मै यारब!
सूकुने– जिंदगी से फिर कब मुलाकात होती है,

रहती हमेशा ही सुर्खियो में, कौरोना की गाथा।
भूल से भी कहीं, क्या रोटी की बात होती है?
चल तो दिया घर मैं अपने वापिस अब
पहुँचूँगा क्या, कब, अपनों से बात होती है?

मेरा संसार

बहुत दिन भी नहीं हुए, पहिया रुके हुए।
प्रकृति अब मदमस्त हो इठलाने लगी।

रुत मौसमों की बाँसुरी फिर बजी।
झूम –झूम कर कोयल भी गीत गाने लगी।

पक्षियों का कलरव– गान, घुँघरूओं की तान।
हवाएँ भी अब नाचती, गुनगुनाने फिर लगी।।
आ! कि फिर बदलियों संग भीग लें।
बारिशें भी मन को गुदगुदाने फिर लगी
धड़कनें जो दिल में कैद थी, अब तक।
निर्मल– हवा, लोरियो संग गाने लगी।
मुस्कुराओ की तुम हो, नए संसार में अब।
गंग– धार, निर्मल –स्वच्छ हो, बहने फिर लगी।।

खुश हो कि तुम घर में हो, कैदखाने में नहीं।
दीवारें घर की, अब फिर से पहचानने लगी।।

समझो युग का अब एक नया–दौर है।
सम्मलने की चेतावनी देख आने लगी

इश्क़ समंदर

तेरी आँखों के समंदर में अक्सर डूब जाते हैं।
जो तुम देखो नजर भर के, हम दिल हार जाते हैं।।

कभी मौसम बहारों में, कोई गुल मुस्कराता हो।
तेरी यादों की खुशबू में, सनम हम भीग जाते हैं।।

रहे चलते हम राहों में, लिये तेरी तस्वीर ख्वाबों में।
सजाकर प्यार का मंजर, तेरे संग डूब जाते हैं।।

सँवरकर देखूँ जो आइना मैं, सबब पूछता है वो।
झुकाकर पालकों की चिलमन हकीकत को छुपाते हैं।।

जो तुम रूठे तो जग रूठे, बता मेरी खता आखिर।
चलता साथ जब मेरे, आँखों में जुगनू झिलमिलाते हैं।।

चाहता कौन है अब उबरें, चाहत के समंदर से।
डूब जब इसमें, सूकुने– दिल भी पाते है।
कोई बेदर्द, बेवफा जब दिल तोड़ देता है।
अश्क तोड़कर किनारे, रुखसारों पे बहते हैं।।

बिछाकर दिल सरे –महफिल तेरी इबादत करता हूँ।
आए तो खिले गुलशन, न, आए टूट जाते हैं।।

तू हीर, मैं रांझा, हमारा साथ सदियों का।
मिलना सनम से हो, लहरो से लड़ भी जाते हैं।।

मुझे मिलता खुदा, मेरी इश्के –हसरत में।
जहाँ के गम तेरी बाँहों में, आके भूल जाते हैं।।

मजदूर

जिम्मेदारियों का बोझ लादे
चल पड़ा पीठ पर आशाओं की
बोरी बाँधे,
हर सुबह की लालिमा लिए,
आँखों में सपने कुछ अधूरे, कुछ पूरे,
रह जाते कोरों से ढल के
खुरदरी–हथेलियाँ, सूखा– चेहरा
फटे– होंठ, अस्त– व्यस्त बाल
शरीर पर कपड़ों का छिद्रान्वेषण।
पर ढोते जाता भूख की खातिर
इस जर्जर –शरीर का भार
एक पिता का दायित्व और
कभी किसी पल पत्नी के स्वप्निल
आँखों की महक के लिए
एक गुथा हुआ सपना।
हाँ!
मजदूर है तो क्या हुआ ?
ढेरों सपने पलते हैं, इस नीड़ के
तिनको में, अग्रसित होता हूँ
अपनी जिम्मदारियों पर रोज नित
नई प्राण –चेतना से

माँ की परछाई हूँ मैं

सिद्धि सूरी

बाल अभिनेत्री

ग्वालियर, मध्यप्रदेश

माँ की परछाई हूँ मैं।

हर दिल पर छाई हूँ मैं।

आँखों का तारा चमकता है जैसे,

चमकती हैं खुशियाँ तारों के जैसे।

नई खुशियों का मान रखती हूँ मैं।

अपनी माँ का ध्यान रखती हूँ मैं।

माँ की परछाई हूँ मैं।

पक्षी के जैसे उड़ान भरना चाहती हूँ।

अपनी माँ का मान बढ़ाना चाहती हूँ मैं।

कभी तो मंजिल मिलेगी मुझको।

ऐसी चाह रखती हूँ मैं।

माँ की परछाई हूँ मैं।

दिल पर छाई हूँ मैं।

माँ लगता बड़ा सुखद अहसास

स्माही विजय

उम्र—11 वर्ष

गुरुग्राम

माँ जब होती मेरे पास,
लगता बड़ा सुखद अहसास।

ममता की अद्भुत पहचान।
माँ से बढ़ती घर की शान।
रिश्ता है यह बहुत ही खास।
लगता बड़ा सुखद अहसास।

सभी अरमानों को पूरा करती।
खुशियों से मेरी झोली भरती।
आँखों से भांपे मेरी हर आस,
लगता बड़ा सुखद अहसास।

माँ जैसा नहीं कोई है दूजा।
माँ की इज्जत ही है पूजा।
मुझको दे अदम्य विश्वास।
लगता बड़ा सुखद अहसास।

माँ जब होती मेरे पास,
लगता बड़ा सुखद अहसास।

★ ★ ★

समाप्त